蒼天行盜
第二輯
卷7
黑煞檔案
石章魚 著

生於憂患，死於安樂
人在安逸環境中太久就喪失了警惕

目錄

CONTENTS

第一章 不為人知的地方 5
第二章 潛伏已久的能力 33
第三章 意識的墳墓 65
第四章 時光機 99
第五章 如果再次選擇 129
第六章 冷酷惡毒的靈魂 159
第七章 玄冰之眼 193
第八章 冷森森的涼氣 223
第九章 了無遺憾 253
第十章 真正的幸福 287

第一章

不為人知的地方

如果不是親眼所見，
怎麼都不會相信在大西洋的深處竟然擁有著一片這樣的建築群，
周圍的建築物像極了希臘古城，
林格妮推斷出這片建築的存在應該有了很長的歷史，
也許這裡所存在的文明比北美大陸更加久遠，
只是不為世人所知。

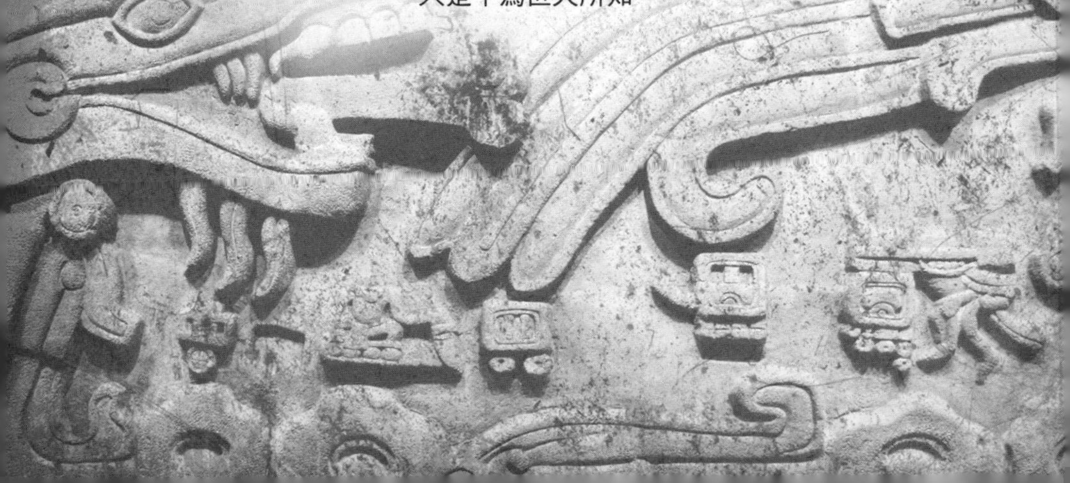

另一頭迅猛龍出現在他們身後，這狡猾殘忍的獵手擁有著出眾的智商，牠們喜歡團隊作戰，相互配合。

四人背靠背圍成一圈相互掩護，面對侏羅紀時期最出色的捕獵者，他們必須要打起十二分的精神。

驢子掏出了一顆手雷，正準備向前方迅猛龍丟過去的時候，突然從迅猛龍的背後探出一顆巨大的頭顱，一口向迅猛龍的脖子咬去，這是他們剛才在電網外遇到的霸王龍，也是殺死白臉的那一頭。

那頭迅猛龍竟然在生死懸於一線的剎那靈巧地扭動脖子，擺脫了霸王龍的這次襲擊，然後迅速逃到了一株大樹的後面。

兩頭迅猛龍拉開和霸王龍的距離，霸王龍陰森的目光鎖定了沈鵬飛四人。

驢子拉開手雷的拉環向霸王龍扔了過去，霸王龍用頭顱將手雷撞得飛到了一邊，牠前衝的速度絲毫沒有減緩。

沈鵬飛大吼道：「你們先走！」他舉槍向霸王龍的頭部瘋狂射擊著，雖然他知道自己的射擊起不到太大作用，可是身為特遣小隊的領隊，他有責任掩護自己的隊員先行撤離。

霸王龍前衝的勢頭突然停了下來，因為牠的尾巴被神出鬼沒的迅猛龍一口咬住，劇痛讓霸王龍暫時停下了腳步，沈鵬飛四人這才暫時逃過一劫，他們慌不擇路地向山下逃去。

兩頭迅猛龍和霸王龍在他們的身後正在激烈肉搏著，迅猛龍的體型畢竟和霸王龍相差太多，在較量中很快就敗下陣來，不過狡詐的牠們也沒有遭受太大的損失，兩頭迅猛龍採取打不過就逃的戰術，在密林中牠們偏小的體型反倒成為了一種優勢。

霸王龍已經被這兩頭迅猛龍糾纏了一段時間，這漫長的拉鋸戰和對方神出鬼沒的遊擊戰術讓霸王龍怒火中燒，滿腔的憤怒急於得到發洩，牠鎖定了前方逃跑的沈鵬飛四人，邁開步伐追逐過去，雄壯的身軀撞開樹木，所到披靡。

沈鵬飛四人現在已經顧不上還擊，他們所能做的就是逃，不停地逃，希望能夠擺脫身後的這龐大遠古凶獸。可他們的速度終究有限，麻燕兒在奔跑中一腳踏空，不慎跌倒在了山坡上。

陸明翔慌忙停下腳步將她從地上扶起，此時他們已經感覺到地面的震動，麻燕兒尖叫道：「快走，別管我！」她的腳踝扭到了，這樣的狀態下根本無法走得太快。

陸明翔搖了搖頭，他舉槍迎著霸王龍衝了上去，槍口噴射出憤怒的子彈，霸王龍大步逼近了他。

眼看悲劇就要發生，從霸王龍的右側，一支火箭彈拖著白煙飛了過去，射中了霸王龍的腦袋，火箭彈在霸王龍的頭部爆炸，霸王龍被爆炸引起的氣浪炸得腦袋一偏，隨後又是一發火箭彈射中了霸王龍的左腿，牠一個踉蹌，跌倒在了地上，不過這兩發火箭彈還是沒有對牠造成致命傷。

牠還沒有來得及從地上爬起，兩頭一直在等待機會的迅猛龍再度從林中竄了出來，行動快如閃電，向倒地的霸王龍發動了攻擊，牠們咬住了霸王龍的脖子，霸王龍掙扎著，試圖甩脫這兩頭迅猛龍，牠努力從地上站了起來，而此時又有兩頭迅猛龍從樹林中竄了出來，發動了對霸王龍的圍攻。

驚魂未定的陸明翔轉身抱起麻燕兒，此時聽到遠處的呼喊聲，卻是火炮和羅獵三人及時趕到，剛才是火炮連發了兩顆火箭彈才把他從死亡的邊緣拉了回來。

七人會合在一起，火炮發現白臉並不在其中，他向沈鵬飛道：「白臉呢？」

沈鵬飛沒有說話，搖了搖頭。火炮和白臉的感情一直很好，聽說白臉遭遇不測，心中悲痛到了極點，但是他們現在根本沒有時間去悲傷。

羅獵他們上山的途中非常順利，並沒有遭遇到敵人搜捕，聽聞用來隔離猛獸的電網已經斷電，羅獵馬上就明白，這次的斷電應該是人為造成的，天蠍會大概發現了他們的潛入，所以直接切斷了電網的供電，將這一片山林變成了遠古猛獸的捕獵場。

他們不敢靠近湖泊附近，因為那邊已經聚集了不少的敵人，現在下去等於自投羅網。

他們沿著山林逃亡，可並沒逃出太遠就被四頭迅猛龍包圍，四頭迅猛龍的嘴上都染著血跡，牠們剛剛聯手屠殺了一頭霸王龍，鮮血已經激起了牠們的凶性。

四頭狡猾的迅猛龍比起一頭霸王龍更加難以對付。

沈鵬飛提醒眾人準備戰鬥的時候，羅獵卻將目光鎖定在其中體型最大的迅猛龍身上，他第一眼就判斷出這頭迅猛龍是其中的領袖，羅獵盯住迅猛龍的眼睛，有了剛才控制鱷龍的經歷，羅獵重拾久違的信心，他進入了迅猛龍的腦域，看到了一幕血腥的場面，霸王龍吞掉了迅猛龍的幼崽，然後又一口吞掉了白臉。

迅猛龍的腦域有一道深深的傷痕，孤狼來到血痕前，低下頭去，用舌頭舔了舔這道流血的傷痕。

迅猛龍緩緩低下頭去，周圍一直在等候牠發出進攻訊號的三名同伴有些不耐煩了，其中一頭試圖率先發動攻擊，卻被這頭迅猛龍怒吼一聲喝退。

羅獵伸出手去，竟然摸了摸這迅猛龍的頭頂。

眾人一顆心都提到了嗓子眼，生怕這迅猛龍會突然向羅獵發動攻擊，然而這一幕終究沒有發生，羅獵的手掌貼在迅猛龍的頭頂，生性冷血殘忍的迅猛龍在羅獵面前居然乖巧地像個寵物狗。

麻燕兒的表情充滿了羨慕和崇拜。

陸明翔曾親眼見識過羅獵的厲害，所以對羅獵早已心存佩服，林格妮為羅獵感到驕傲，她一顆心早就交給了羅獵，在她看來羅獵創造怎樣的奇蹟都不意外。其餘幾人和羅獵接觸的時間不長，除了火炮親眼見證羅獵騎著鱷龍遨遊湖面的場景，其他人對羅獵的能力還缺乏瞭解，驢子喃喃道：「這迅猛龍是他馴養的嗎？」

羅獵摸了摸迅猛龍的頸部，他向幾名同伴道：「我跟牠談妥了，牠們答應護送我們。」

火炮感歎道：「羅獵，我真是心服口服。」他向羅獵豎起了拇指。

有四頭迅猛龍的護衛，他們沿途自然不用擔心安全的問題。連霸王龍這種遠古霸主都被四頭迅猛龍聯手幹掉，更不用說其他的生物。他們爬上了伏魔島的頂峰，在頂峰看到，就在前方的山谷內，有一大片建築群，這片建築群都是典型的古埃及建築，建築群的最中心是一座白色的金字塔。

此時夜幕降臨，月亮驅散了烏雲，高掛於天空之中，月光的籠罩下，白色金字塔顯得越發皎潔，如同用一大塊白玉砌成，環繞著這座巨大的金字塔，錯落有致地分佈著一些古典建築。

山谷中的景色美麗而靜謐，這樣的景象很難讓人和邪惡的天蠍會基地聯繫在一起。

明華陽躺在露台的沙發上，他穿著睡衣袒露著身體，只有在月夜他才會大膽地來到露台上，盡情享受著月光的沐浴，手中的那杯紅酒就像是新鮮的血液。

明華陽的目光垂落下去，在他的腳下跪著兩名赤裸著身體的女奴，明華陽將杯中的紅酒傾倒下去，一名女奴昂起頭，張開紅唇，準確接住水晶杯中傾瀉而下的血紅酒線，俏臉上流露出魅惑且滿足的神情。

明華陽冷冷看著她們，表情不為所動，倒完了那杯酒，他將杯子放在一旁，沉聲道：「去吧！」

兩名女奴起身離去，沒多久一位身材高大，擁有著耀眼金髮的中年男子走了進來，他就是亨利，當初從獵風科技盜走化神激素的那個。

亨利恭敬道：「明先生，您找我？」

明華陽道：「如果我不找你，你是不是就不打算來？」

亨利道：「我會例行向先生彙報試驗的進展情況。」

明華陽笑了起來，他站起身，他的身高不到一米七，在普遍高大的歐美人中屬於小個子，可是他卻擁有著強大的氣場和威懾力，即便是亨利這個身高達到一米九十的人在明華陽的面前仍然感覺有些透不過氣來。

明華陽道：「進展如何？」

亨利的表情頓時變得尷尬起來。

明華陽道：「你這個人從來都不會給我驚喜。」

亨利道：「如果能夠得到化神激素的母液就好辦了。」

明華陽的笑容充滿了嘲諷：「如果我有化神激素的母液，還要你做什麼？」

亨利垂下頭去，心中對明華陽卻並不服氣，他雖然沒有達到明華陽的要求，可是這些年來他的貢獻卻是不少，如果沒有自己的努力，又怎麼會創造那麼多的異能者，但是和明華陽在一起的時候，他總是感到害怕，這個人從表面上看起來溫和，可骨子裡卻極其嗜血和殘暴。雖然明華陽在他的面前一直都表現得非常客氣，可亨利卻從心底感到畏懼。

明華陽道：「大壩今天發生了兩次爆炸。」

亨利道：「有外敵闖入？」其實他的這句話問得有些多餘，如果不是外敵闖入，他們自己人又怎麼可能去炸掉大壩。自從亨利來到伏魔島，還從未發生過外敵闖入的先例，明華陽也曾經告訴他這裡是一片失落的海域，屬於地球的盲區，所有的地圖都沒有伏魔島的標注。

明華陽道：「龍天心是個怎樣的人？」

從他的這句問話，亨利就已經猜到這次的闖入事件應當和龍天心有關，至於龍天心的資料，明華陽掌握得絕不比自己少，而且關於龍天心及獵風科技，自己早已將一切坦誠相告，明華陽居然還這樣問，難道他懷疑自己在龍天心的事情上有所隱瞞？

亨利道：「她是我見過最聰明的女人。」這是他發自肺腑的話，絕對沒有任何的誇張成分在內。

明華陽道：「她這麼聰明，還不是栽在了你的手裡？」

亨利乾咳了一聲道：「我可沒有這樣的本事，如果不是明先生出手相助，我恐怕早已死了。」

明華陽道：「難得你還記得，這個世上懂得感恩的人實在是太少了。」

亨利道：「明先生對我的恩情，我永遠不會忘記。」

明華陽道：「你去吧。」

亨利愣了一下，總覺得明華陽還有話沒有說完，他恭敬道：「明先生是否還有其他的吩咐？」

明華陽的目光落在一旁的空杯上：「幫我倒一杯酒。」

亨利走過來，幫他將酒倒上，他的手明顯在顫抖著，明華陽望著亨利顫抖的手，低聲道：「你怕我？」

亨利搖了搖頭道：「不是……不是……我怎麼會……」

明華陽呵呵笑了起來，他接過那杯酒，抿了一口道：「去吧！」

亨利離去之後，一身深藍色戰甲的藍武士走了進來，他向明華陽行禮之後道：「會長，已經確認，共有八人闖入禁區，其中一人已經死亡，按照您的命令，關閉了猛獸區的隔離電網。」

明華陽點了點頭，在座椅上輕點了一下，從前方的地板上升起一塊透明的顯示幕，顯示幕上出現了監控畫面。

藍武士道：「目前只能確定他們在主峰的密林中，還無法鎖定他們的位置，不過在此前的監控上發現了他們的影像。」

明華陽點了點頭：「有沒有確定來人的身分？」

藍武士將隨身電腦儲存的人員照片投影到前方的顯示幕上。

明華陽皺了皺眉頭：「羅獵，林格妮！」他認出了這兩個人，正是這兩個人先後摧毀了他在哈爾施塔特和卡佩爾古堡的秘密基地，明華陽道：「不請自來，倒是好事。」指了指林格妮道：「這個人務必要留下活口。」

「是！」

明華陽道：「大壩附近有無發現？」

藍武士道：「已經加強戒備，不會再有差錯。」

明華陽冷哼一聲道：「不會再有差錯？如果你們真的那麼有本事，就不會出現如今的狀況。」

藍武士道：「事發突然，我們沒有想到會有人能夠進入這裡。」

明華陽道：「**生於憂患死於安樂，人在安逸環境中太久就喪失了警惕。**」

藍武士道：「會長，我會儘量彌補過失。」

明華陽道：「希望你能做到吧。」

藍武士信誓旦旦道：「會長放心，我一定會將他們阻攔在聖域之外，明天天亮之前，將他們全部抓住。」

明華陽抬頭望著藍武士道：「如果你做不到呢？」

藍武士愣了一下，他負責整個伏魔島的警戒，統管著一支五百人的隊伍，他對這裡的地理狀況可謂是瞭若指掌，在此之前從未有過外人闖入的先例，他不知應該如何回答明華陽的問題。

明華陽道：「如果你做不到，我告訴你答案。」

藍武士從心底升騰起一股寒意，他向明華陽深深一躬，轉身出門去安排搜捕的事情，明華陽道：「派人去周圍海域搜索一下，看看他們是從何處登陸，還有無援軍。」

藍武士離去之後，明華陽將杯中的酒一飲而盡，忍不住罵道：「廢物！」

他切換了螢幕的圖像，前方螢幕上出現了一個透明的休眠艙，裡面躺著一個高瘦的白髮男子，明華陽按下了喚醒鍵，那名白髮男子很快就甦醒了過來，休眠艙的透明頂蓋緩緩打開。

男子從休眠艙內坐起，目光直視前方的攝影機：「主人，有何吩咐？」

明華陽道：「白狼，你們應該被人跟蹤了。」

白狼灰藍色的雙目迸射出陰冷的殺機。

明華陽道：「叫醒其他人，我要你儘快將潛入者找出來。」

一支六人小隊正在樹林中搜索，突然一道黑影從前方閃過，幾人慌忙舉槍射擊，黑影稍閃即逝，與此同時，從左右側和後方，三頭迅猛龍以驚人的速度衝了上來，向這支六人的搜索隊伍展開了屠殺。

麻燕兒雖然以旁觀者的角度觀看迅猛龍的圍獵過程，仍然感覺到驚心動魄，她受不了眼前血腥的場面，將俏臉扭到了一旁，陸明翔看出她的不適，伸出手臂攬住她的肩頭，悄悄給她安慰。

沈鵬飛不由得看了羅獵一眼，他認為這四頭迅猛龍是在羅獵的指揮下發動進攻的，幸虧羅獵是和他們同一陣營，如果與羅獵為敵，恐怕死的應該是他們。

羅獵道：「距離山谷已經不遠，大家還是分頭行動。」眼前的這片建築群不小，如果他們七人仍然統一行動，目標過大，而且效率也會受到影響，對他們來說，趁著夜色的掩護展開行動最為便利，現在距離天亮也不過還有兩個小時。

沈鵬飛點點頭，表示認同羅獵的意見，他低聲道：「還是此前那樣分配。」

羅獵卻搖了搖頭道：「我一個人單獨行動。」

沈鵬飛愣了一下，看到那四頭屠殺完畢等待羅獵命令的迅猛龍，羅獵的這些新的同伴戰鬥力顯然要超過他們這群人。

林格妮道：「我和你一起。」

羅獵道：「我去找明華陽，你們負責安置炸藥，其實你們的任務比我更加重要。」

林格妮知道羅獵是不想自己身涉險境，可她也不放心羅獵獨自冒險。

陸明翔道：「多一個人多一份照應，讓林小姐和你一起吧，我們五個人一定能夠完成佈置炸藥的任務。」

火炮和驢子同時點了點頭，雖然羅獵控制了四頭迅猛龍，可畢竟那些都是凶殘的生物，關鍵時刻未必靠得住。

羅獵看到他們堅持，於是答應了下來，他們從死去的警衛身上補充了不少的裝備，這些裝備雖然算不上先進，可是在這片失落的區域中可以正常使用。所有人校對了一下時間，又將對講機調整到了統一頻段。

沈鵬飛道：「三個小時，我們這次的行動時間暫定為三個小時，如果一切順利，三個小時後，我們全部撤離，六個小時後我們會依次啟動爆炸程式，十二個小時後，我們在停泊點會合。所以大家務必要記住，一定要在六個小時之內撤出來，回到安全地點。」

所有人同時點了點頭。

林格妮道：「最後的撤退時間是？」

沈鵬飛道：「二十四小時，無論任務成功與否，明天這個時候遊艇都要出發，無論誰晚於這個時間，都無需等候。」

他們在進入聖域之前，又遭遇了一道電網，電網前方有一道寬達五米的壕溝，後方還有高牆，這三道防禦是為了避免猛獸進入的。沈鵬飛向陸明翔使了個眼色，陸明翔爬上大樹，蹲在大樹的枝椏上端起鋼索槍瞄準了對面的高牆，隨著他扣動扳機，鋼索射了出去，鋼索的錨頭深深釘入對面的高牆上，陸明翔將鋼索的另外一端在樹幹上固定，向下面的人招了招手。

沈鵬飛朝羅獵笑了笑道：「看來你的寵物無法同行了。」

羅獵道：「牠們屬於山林。」

沈鵬飛向林格妮做了一個女士先請的動作，林格妮狸貓般爬上了大樹，迅速沿著鋼索向高牆攀爬，很快就越過了壕溝和電網，來到了高牆的旁邊，林格妮抓住高牆的邊緣，身體輕盈地攀了上去，她蹲在高牆上，觀察周圍的動靜。雖然高牆的周圍分佈著幾座警戒塔，可是距離他們潛入的地方都有一段距離，伏魔島過去還從未有過外人潛入的先例。

幾人逐一越過電網來到高牆之上，高牆的另外一側有一道包圍整個聖域的光柵，驢子看到下方光柵的時候，不由得歎了口氣，這道光柵才是真正的麻煩，如果他們從這裡直接下去，肯定會觸發警報，而且這道光柵並非看上去那麼美麗，如果身體不慎觸碰到了光柵，馬上就會被切割開來。

沈鵬飛指了指遠處的警戒塔，他們只能進入警戒塔，通過那裡才能安全下降到地面，他準備讓陸明翔射殺警戒塔上的衛兵，羅獵卻否決了他的這個提議，目前還不知道警戒塔上的情況，從他們的角度無法確定警戒塔上究竟有幾名衛兵，陸明翔就算可以射殺一人，其他的衛兵必然會拉響警報，到時候他們的行蹤就完全暴露了。

羅獵示意讓陸明翔掩護自己，他沿著高牆向警戒塔潛行而去。

陸明翔舉槍鎖定了警戒塔上放哨的衛兵，只要這名衛兵有所異動，他就會一槍將之擊斃。

羅獵沿著高牆移動的速度很快，雖然是在黑夜中，他也看不到衛兵的舉動，可是衛兵的一舉一動卻被他感知在心，當衛兵向這邊轉身的時候，羅獵已經先行隱藏起來。

沈鵬飛幾人在遠處提心吊膽地望著，他們很快就發現羅獵應該有未卜先知的能力，總是能夠先行避開衛兵的視線。沈鵬飛幾人全都是出類拔萃的軍人，可是在他們看來羅獵對危險敏銳的嗅覺和感知能力都遠遠超過了他們。

陸明翔終於明白父親因何如此看重羅獵，他們每個人的心中都在想著同一個問題，如果這次不是遇到了羅獵，他們的任務必然以失敗告終，應該說他們恐怕連伏魔島都無法順利抵達。

沈鵬飛對羅獵佩服之餘，內心中也生出不少的感慨，他一向自視甚高，認為自己是當今世界上最優秀的軍人之一，他的家世和能力讓他內心深處難免帶著優越感，在認識羅獵之後，他方才懂得一山更有一山高的道理。

羅獵已經成功來到警戒塔的下方，從高牆到警戒塔還有十米的高度，羅獵沿著警戒塔近乎垂直的牆壁攀爬上去，這是在沒有任何輔助裝備的前提下。

按照羅獵和陸明翔的約定，在羅獵進入警戒塔的同時，陸明翔為他清除掉那名站崗的衛兵。

陸明翔鎖定了那名衛兵，在羅獵做出手勢之後，陸明翔扣動扳機，子彈從衛兵的太陽穴中鑽了進去，衛兵一聲不吭地倒了下去。

在警戒塔內，還有兩名衛兵坐在那裡，因為位置的緣故，從陸明翔的角度不可能看到他們。

兩名衛兵發現同伴突然倒下，吃了一驚，不等他們反應過來，羅獵已經翻身躍入警戒塔內，一揮手，一柄飛刀射中其中一名警衛的咽喉，另外那名警衛伸手去拉警報，不等他的手碰到按鍵，羅獵抽出太刀一刀砍了過去，那名衛兵的右臂被齊肘斬斷，羅獵反手一刀將他的頭顱斬落。

清除了三名衛兵之後，羅獵沿著警戒塔的樓梯走了下去，在警戒塔二層的休息室內有一名衛兵正在熟睡。

羅獵捂住他的嘴巴，在衛兵睡夢中將之割喉，乾脆俐落地剷除了三名警衛之後，羅獵這才打開了警戒塔通往高牆的小門。

沈鵬飛幾人在羅獵得手之後迅速進入警戒塔內。

驢子研究了一下警戒塔的操控方式，和他們預想中一樣，只有通過警戒塔才能安全通過光柵。

沈鵬飛讓驢子換上衛兵的衣服，由他在警戒塔內留守，其餘六人分頭行動。通過光柵之後，羅獵和林格妮一起繼續向金字塔的方向走去，而沈鵬飛四人，又分成兩組，他們在聖域內安置炸彈，這裡無疑已經是伏魔島的中心，明華陽的秘密基地就在這個地方，只要將這裡炸毀，就算無法抓住明華陽，也必將重創天蠍會的實力。

沈鵬飛幾人心中都明白，羅獵所承擔的任務要比他們凶險得多，他們佈置炸彈只需注意躲開敵人，而羅獵和林格妮想要在這一大片建築群中找到明華陽，還要在三個小時的時間內完成撤離，其難度無異於大海撈針。不過他們也清楚，這種在他們看來不可能完成的任務也只有羅獵才有機會完成。

羅獵和林格妮認為明華陽在金字塔的可能性最大，所以他們分頭行動之後，直接選擇了金字塔。

如果不是親眼所見，怎麼都不會相信在大西洋的深處竟然擁有著一片這樣的建築群，周圍的建築物像極了希臘古城，林格妮推斷出這片建築的存在應該有了很長的歷史，也許這裡所存在的文明比北美大陸更加久遠，只是不為世人所知。

經過前方的小巷就可以抵達神廟廣場，穿過廣場繞過神廟，才能抵達後方的金字塔。羅獵和林格妮這一路走得都非常順利，他們並沒有遇到敵人，進入小巷，即將來到出口的時候，羅獵卻突然停下了腳步。

轉過身去，看到一名如同竹竿般高瘦的白髮男子站在他們的身後，男子的臉上佈滿火焰狀的紋身，白髮在腦後紮成了馬尾，一雙灰藍色的眼睛顯得非常混沌，因為他的瞳仁和眼白分界不清的緣故，他就是白狼。

羅獵在身後向林格妮擺了擺手，示意林格妮先退出小巷。

白狼的雙眼古怪地翻動著，從灰藍變成了灰白色，看起來就像是一個盲人。

先下手為強，羅獵舉槍瞄準了白狼射擊，子彈向白狼射去，白狼雙手張開，子彈射到中途陡然速度變得緩慢，彈頭穿透空氣時，有質無形的空氣竟然泛起了一層層的漣漪。

羅獵詫異地望著眼前的景象，他和白狼相距不過二十米，卻如同處在不同的時空。這是一個強大的異能者。白狼的雙臂猛然一抖，彈頭竟向羅獵倒飛而去。

羅獵雖然反應了過來，可是他身體移動的速度跟不上意識，彈頭擊中了他的胸口，發出叮的一聲，子彈回射的速度要超出手槍射出的數倍，就算是普通的避彈衣也無法阻擋這致命的一擊，羅獵的身體如同斷了線的風箏一樣倒飛了出去，足足飛出數十米，重重摔落在神廟廣場之上。

林格妮剛剛逃到神廟廣場，她根本沒有料到羅獵這麼快就被對方擊敗，眼看著羅獵就摔倒在她的身旁，不知是死是活，林格妮尖叫著撲了過去，她抱起羅獵，羅獵此時已經毫無反應。

白狼高瘦的身材出現在巷口，他對自己的出手極其自信，他認為羅獵沒可能承受得住自己剛才的反擊，子彈應該已經射入了他的心臟。望著林格妮抱起羅獵亡命逃亡的背影，白狼的唇角露出不屑的冷笑，他並沒有馬上去追趕。

林格妮逃入了神廟，空蕩蕩的神廟大殿中閃爍著青白色光芒，一個紅衣女孩孤零零站在大殿之中，這樣幼小的年齡出現在這陰森森的地方，她似乎根本沒有感到害怕。

林格妮認得她，她和羅獵在愛奧尼亞海盆登上恐怖巨輪的時候，曾經和這個女孩狹路相逢，當時她有過殺死這女孩的機會，但是她並沒有忍心下手，只是用槍射傷了她的右腿。

林格妮放下了羅獵，羅獵躺在那裡仍然沒有半點反應，不知是死是活。

林格妮心中下定決心，就算是死，她也要和羅獵死在一起，她舉槍瞄準了那紅衣女孩：「不要逼我殺你！」

紅衣女孩笑了起來，露出滿口黑色的牙齒，突然一條紅色的長舌向林格妮彈射而出。林格妮對此早有防備，她閃身躲在石柱後方，那條長舌未能擊中目標，又從石柱繞了一圈，試圖纏住林格妮的咽喉，林格妮向前一躍，她的身體貼著地面側滑，手中雙槍瞄準那紅衣女孩接連射擊。

紅衣女孩的速度比起上次明顯更快，她在空中迅速移動著，躲避著射向她的子彈，因為速度太快，在林格妮的視線中出現了無數紅色的殘影，林格妮射出的子彈無一命中目標。

林格妮竭力從這些虛影中找到紅衣女孩本身的時候，紅衣女孩已經出現在她的身後，她的手中多了一柄尖刀，狠狠刺入了林格妮的小腿，尖刀穿透了林格妮的小腿，然後她又迅速將尖刀抽離。

林格妮抽出軍刀反手就是一刀，紅衣女孩憑藉著驚人的速度已經撤退到十米開外的地方，看似單純的小臉上露出殘忍的笑意，她在報復，其實剛才她有足夠的機會殺死林格妮，可是她總覺得那樣做實在便宜了林格妮，當初在巨輪上，林格妮射傷了她的腿部，現在她要加倍報復。

劇痛讓林格妮幾乎無法站立，可是她仍然堅持著，現在她是羅獵最後的希望，如果自己倒下，那麼羅獵……林格妮不敢想，因為她根本不知道羅獵現在究竟是生是死。

在擁有納米戰甲的狀況下林格妮還有和紅衣女孩一戰的實力，但是在伏魔島，納米戰甲已經無法啟動，在這樣的狀況下她的實力和對方相去甚遠。

紅衣女孩再度向林格妮衝了過去，林格妮將軍刀向她投擲過去，卻被紅衣女孩一刀格開，林格妮舉起手槍還未等她瞄準，左腿又被刺了一刀，這一刀刺穿了她的大腿。

林格妮悶哼一聲，仍然屹立不倒。

紅衣女孩沒有殺死她的打算，因為她接到了指令，要留下活口。她好奇地望著林格妮，明明已經身中兩刀，為何還能站立在那裡，是自己出手不夠狠，還是她的意志過於強大？

林格妮道：「為什麼不敢殺我？是不是明華陽不讓？你真是可悲，只是讓人呼來喝去的一條走狗。」

紅衣女孩被觸怒了，她的長舌彈射而出，捲住了林格妮握槍的右手，一股強大的力量將林格妮的身體拉扯到了半空中，她準備將林格妮狠狠摔在地上。

千鈞一髮的時刻，一道藍光倏然射出，這道藍光照亮了整個大殿，如同閃電般劃過紅衣女孩的長舌，將她的長舌齊根切斷。

紅衣女孩慘叫一聲，捂住了嘴巴，林格妮的身體從空中落下，右手中的手槍瞄準了紅衣女孩的眼睛，毫不猶豫地扣動了扳機，紅衣女孩望著那顆飛來裹著藍光的子彈，她的表情惶恐到了極點，這是一顆擁有地玄晶塗層的子彈，直接洞穿了紅衣女孩的頭顱。

林格妮落在地上，撿起了地上的軍刀，反手就是一刀，割開了那紅衣女孩的脖子，這根本就不是什麼小女孩，只是樣貌童真實則歹毒的異能者。

紅衣女孩捂著脖子，綠色的血液如同泉水般湧出，她緩緩倒了下去。

林格妮也同時癱倒在了地上，她望著羅獵，剛才一動不動的羅獵已經重新站立起來，林格妮的雙目之中滿是欣慰的淚光，羅獵將她抱了起來，大踏步向神廟內部奔去。

白狼進入神廟的大殿，眼前的一切讓他幾乎無法相信自己的眼睛，他抱起了血泊中的女孩，那紅衣女孩的頭髮已經變得雪白，原本吹彈得破的皮膚也變得乾癟，白狼爆發出一聲嘶吼，灰白色的雙目如同被火焰燃燒般血紅。

羅獵抱著林格妮進入前方的大門，推開大門反手關上，又將大門栓死。

林格妮道：「你沒事……你沒事就好……」

羅獵緊緊擁抱著林格妮，內心充滿了感動，白狼反射的那顆子彈的確擊中了他的胸口，可是他前胸的口袋中剛好裝著紫府玉匣，正是玉匣的存在為他擋住了那顆殺傷力驚人的子彈，在子彈撞擊紫府玉匣的剎那，他感覺到如同一股強大的電流湧過全身，讓他的周身都變得麻痹，他在短時間內喪失了行動的能力，可是發生的一切他都感覺得清清楚楚，甚至比此前還要清楚。

林格妮捨生忘死和長舌女決戰的時候，羅獵的胸口感覺到了熱力，就像一個凍僵的人被逐漸溫暖，他知道這溫暖應該來自於紫府玉匣，在林格妮面臨死亡威脅的時候，羅獵突然就恢復了行動的能力，他果斷射出飛刀用飛刀斬斷了長舌女的舌頭。

羅獵抱著林格妮穿過前方的長廊，長廊的四周全都是石雕，羅獵道：「你怎樣了？」

林格妮小聲道：「沒事，我就快好了。」長舌女並沒有傷到她的骨頭，林格妮本身的體質擁有超常的自癒能力，這樣的皮肉傷她可以在短時間內得到恢復。她更關心羅獵：「你累不累啊？」

羅獵健步如飛，抱著林格妮似乎沒有感到任何壓力，羅獵搖了搖頭道：「不累！」他停下了腳步，因為他察覺到前方有些不對，他的感知能力越來越強了。

長廊盡頭的一座石像突然移動起來，原來不是石像，只是一個如同石像一般的男子，他穿著如同砂岩般棕紅色的護甲，暴露在外面的臉部皮膚也如同砂岩一般粗糙。一雙拳頭和身材的比例極不協調，和普通人的腦袋差不多大小。

羅獵並沒有將林格妮放下，一柄飛刀卻倏然射了出去，林格妮詫異地睜大了眼睛，因為她根本沒有發現羅獵是何時抽出飛刀並投擲出去，她轉臉看了看，除了他們兩人之外並沒有其他人在場，難道羅獵是用意念驅動飛刀？

石像般的男子大步向兩人衝了過來，他每一步落腳都很重，腳掌落在地面上的時候整個長廊都震動起來，可是他只跑出了三步，那柄飛刀就追風逐電般射中了他的額頭，將他的額頭射出一個洞口。

石像般的男子愣了一下，他木訥的面孔上機械地流露出惶恐的表情，然後如同一個水泥袋一樣跌倒在了地上。飛刀猶如擁有生命的精靈，在空中弧旋一周，重新納入羅獵的刀鞘之中。

林格妮如果不是親眼所見她根本就無法相信這一切都是真實發生的，她嬌聲道：「老公你好厲害！」記得上次她這樣誇讚他的時候還是在床上。

羅獵淡然道：「正在恢復。」他的內心也充滿了驚喜，在關鍵時刻體內能力的復甦讓他們這次的行動有了更多的勝算。羅獵知道，應該是紫府玉匣的緣故，可能是他在潛入天線基座時，那道閃電湊巧擊中了他的背囊，而紫府玉匣當時正收藏在背囊中，閃電如同催化劑般啟動了一直沉睡的紫府玉匣，而紫府玉匣在為他擋住那顆子彈的同時，將能量釋放出來，這能量又喚醒了自己體內的潛能。

金字塔的入口就位於神廟之中，在入口的前方道路兩側排列著整齊的神像，林格妮感到自己的雙腿傷勢已經恢復得差不多了，讓羅獵將自己放下，他們身處危機四伏的環境中，她可不想讓羅獵在自己的身上耗費過多的精力。

羅獵此時方才有時間看了看胸前的紫府玉匣，那顆過去如同不銹鋼鐵塊一樣的東西，如今內部竟然有了紫色的光芒在流動，林格妮好奇地摸了一下，感覺觸手處溫潤如玉。

更讓她意想不到的是，在她觸摸紫府玉匣之後，她左腕上一直停滯不前的手錶竟然開始轉動，羅獵的手錶也發生了同樣的狀況，林格妮嘗試了一下，輕易就和納米戰甲的中樞控制系統重新取得了聯繫。

一名身穿白衣的黑人推著一個坐在輪椅上的黑衣人出現在金字塔的入口處，黑衣人望著他們，輕聲道：「天堂有路你不走，地獄無門偏進來。」

羅獵道：「你是明華陽？」

黑衣人搖了搖頭道：「你可尊稱我為萊特先生，我認得你們，是你們兩個毀掉了我的古堡。」

林格妮道：「原來卡帕爾古堡是你一手製造的！」

黑衣人笑道：「你們應該感謝我當時沒有殺掉你們。」

林格妮冷哼一聲道：「你有那個本事嗎？」

黑衣人呵呵大笑起來，他揮了揮手：「傑哈，讓他們見識一下！」

傑哈張開嘴巴爆發出一聲古怪的嚎叫，羅獵正準備出手，卻感到後方一股空前強大的壓力正在逼迫而至，他緩緩轉過身去，雙目血紅的白狼已經出現在長廊的另外一端。

第二章

潛伏已久的能力

白狼血紅的雙目彷彿燃燒了起來，他向羅獵揮出了一拳，
一團火焰如同流星般砸在了羅獵的胸膛，
白狼不知道正是他反擊的一顆子彈讓紫府玉匣散發出了能量，
從而啟動了羅獵體內潛伏已久的能力。

林格妮小聲道：「這邊交給我，你專心去對付白狼！」

如果在剛才羅獵還不放心，可現在林格妮已經重新啟動了納米戰甲，無論是防禦力還是戰鬥力都提升太多，就算她面對這兩個敵人無法取勝，也能夠起到牽制對方的作用。

白狼無疑是目前所遇異能人中最強大的對手，剛才如果不是紫府玉匣為自己擋住了那顆子彈，恐怕自己已經死在了他的手中，置死地而後生，在經歷剛才的瀕死一刻之後，羅獵反倒被激發出了強大的潛能，白狼並不知道他已經恢復而且戰鬥力在短時間內提升了數倍，這次交戰鹿死誰手未必可知。

羅獵向白狼射出一柄飛刀。

麻燕兒佈置炸藥的動作非常嫻熟，陸明翔在一旁為她守望著，人只有經過生死的歷練才會迅速成長起來，感情也是一樣。和自身的成熟相比，陸明翔更大的收穫是他和麻燕兒的感情，他們通過這次的行動對彼此的瞭解都加深了許多。

麻燕兒完成了炸藥的設置，兩人向下一個佈置點靠近，陸明翔忽然用手臂擋住麻燕兒，因為前方一支黑衣衛隊正朝著這邊行進。

兩人躲入陰影之中，他們舉起了手槍準備隨時射擊。

黑衣衛隊從前方的路口經過，這是一支二十人的隊伍。因為雙方人數懸殊，陸明翔沒有主動挑起戰鬥的意思，周圍全都是平整的牆壁，沒有可供藏身的地方，他們只能平貼在陰影中，希望他們的存在不要被黑衣衛隊發現。

還好黑衣衛隊並沒有向他們所在的小巷中搜索，隊伍繼續向前行進著，眼看隊伍就要全部通過，可最後的那名衛兵不知因為什麼離開了隊伍，他來到巷口褪下了褲子，原來是尿急。

麻燕兒趕緊扭過臉去，陸明翔希望這傢伙趕緊離開巷口，最好別朝這邊看。

那衛兵尿完之後，舒服地打了個哆嗦，然後慢條斯理地提上褲子，就在他提上褲子的時候，目光落在了陸明翔的身上，陸明翔第一時間就反應了過來，一槍擊中了那名衛兵的額頭，開槍之後衛兵仰頭就倒在了地上，陸明翔和麻燕兒趕緊向遠處逃去。

那群衛兵並沒有走遠，很快就發現了那名倒地的衛兵，警報聲瞬間響起。那群衛兵向小巷中追逐過來。

因為這條小巷很長，而且中途並無可以隱蔽藏身的地方，陸明翔無奈之下只能引爆了他們剛剛裝好的那顆炸彈。

蓬的一聲巨響，炸彈威力驚人，幾乎炸掉了半條小巷，那隊追逐他們的士兵全都在炸彈波及的範圍內，一個個被炸得支離破碎，血肉橫飛。

距離預定的爆炸時間還差五個小時，這響徹夜空的爆炸讓整個聖域為之一震，正在裝置炸藥的沈鵬飛和火炮馬上就判斷出一定是陸明翔那邊出了問題，還沒到引爆的時間，火炮低聲道：「去看看？」

沈鵬飛搖了搖頭，對他們來說時間太緊迫了，他們的計畫實施還不到一半，這聲爆炸，等於暴露了他們的計畫，接下來的行動必將壓力倍增，他們必須加快進度。

明華陽仍然坐在露台上，望著東南方升騰起來的紅色爆炸雲，他的表情依然淡定，這裡是伏魔島，他才是這裡的主人，沒有人能夠動搖他的統治。

重新裝備納米戰甲的林格妮衝向萊特，伴隨著傑哈的一聲古怪嚎叫，從雕像的後方衝出了兩頭血跡斑斑的殭屍犬，它們撲向林格妮，林格妮伸出雙手抓住其中一頭張開大嘴的殭屍犬，雙臂用力，把這頭殭屍犬撕成了兩半。右腳狠狠踢在另外一頭殭屍犬的腹部，將那頭殭屍犬踢得騰空飛起，徑直撞在了天花板的頂部，落地之時已經摔成了肉泥。

數十名喪屍已經在這會兒功夫封住了她前進的道路，將她包圍在中心。

林格妮的雙手從背後抽出彎刀，毫不猶豫地殺入了喪屍的陣營，她對喪屍病毒擁有免疫能力，更何況現在納米戰甲重新發揮了作用，林格妮有恃無恐，一雙彎刀上下翻飛，瞬間已經斬斷了數顆喪屍的頭顱，她腿部的傷勢已經癒合，納米戰甲也將她的攻擊力強化數倍。

喪屍的人數雖然很多，可對林格妮構不成真正的威脅。

黑衣萊特驅動輪椅向後退去，傑哈爆發出一陣陣的怒吼，他的面部表情變得猙獰，青筋一根根暴露出來，和青筋同時暴露膨脹的還有他周身的肌肉，短時間內膨脹的肌肉竟然將他的上衣漲破，露出黑黝黝宛如鐵鑄的體魄。

林格妮從喪屍中殺出一條血路，傑哈一把將兩名喪屍推開。

林格妮的速度極其驚人，她從這條血路中衝了過去，手中彎刀同時砍在了傑哈的脖子上，她手中拿著的是擁有納米塗層的彎刀，以她現在出手的力量和速度可以輕易剁下一頭蠻牛的腦袋。

可是林格妮的彎刀卻沒有砍入傑哈的肌膚分毫，傑哈堅韌的皮膚硬生生抗住了她的必殺一擊，然後傑哈的拳頭就砸在林格妮的腹部，傑哈的力量雖然很大，可是納米戰甲起到了很好的防禦作用，在傑哈擊中納米戰甲的同時，納米戰甲泛起紫色的光芒，林格妮沒有感到什麼，傑哈壯碩的身軀卻是一震，他感覺到如同被電擊一般。

林格妮發現雙刀對傑哈無效，馬上揚起刀柄，以刀柄重擊在傑哈的面門上，傑哈硬生生受了她的一擊，攔腰將林格妮抱起，然後一個倒摔，將林格妮的頭重重撞在了地面上。

林格妮縱然帶著納米頭盔，仍然被這次重擊撞得暈乎乎的，她嘗試運用納米戰甲的武器系統，可是武器系統目前無效。傑哈抓住林格妮的一條腿猛然向一旁的石柱扔了過去，林格妮重重撞在石柱上，強大的衝擊力將石柱撞斷，她的身體在地上接連翻滾，馬上十多個喪屍圍攏上去，抓住林格妮一通亂啃。

羅獵射向白狼的飛刀不出意外地在中途放緩了速度，白狼的手指轉動了一下，飛刀馬上就掉轉了方向，以加倍的速度向羅獵咽喉射去。羅獵射出的這一擊只是為了吸引白狼的注意力，他意念驅動的另外一柄飛刀從側方弧線繞行，射向白狼的身後。

白狼反擊的飛刀射中了羅獵的咽喉，卻被納米戰甲阻擋在外。羅獵以意念啟動的殺招在距離白狼後心還有一尺的距離處，撞在了一堵無形的屏障之上，飛刀碎裂成為齏粉。

白狼血紅的雙目彷彿燃燒了起來，他向羅獵揮出了一拳，一團火焰如同流星般砸在了羅獵的胸膛，白狼並不知道正是他剛才反擊的一顆子彈讓紫府玉匣散發出了能量，從而啟動了羅獵體內潛伏已久的能力。

這次的重擊讓羅獵踉踉蹌蹌後退了數步，他感覺自己的胸口有一股溫暖的熱流透過他的胸膛傳導到他的體內。

白狼看到自己全力擊出的一拳竟然沒有將羅獵打倒在地，他有些奇怪，羅獵的實力怎麼在短時間內提升那麼厲害？難道是因為他身披戰甲的緣故？

白狼從背後緩緩抽出一柄大劍，羅獵也抽出了太刀。

白狼向前跨出一大步，手中大劍向羅獵當頭劈去，大劍的速度快到了極致，劍身因為和空氣急劇摩擦而變得通紅，如同剛剛從煉爐中取出。

羅獵以太刀橫擋，噹的一聲，火星四濺，羅獵感覺到雙臂被震得發麻，手中太刀險些脫手飛出。

白狼步步緊逼，手中大劍如疾風暴雨般向羅獵接連發動攻擊，羅獵連續格擋，邊打邊退，利用周圍的雕像和白狼周旋。白狼一劍就將雕像的頭顱斬斷，羅獵利用納米戰甲自身的動力，身軀倏然向後倒飛而起，雙足在後方牆壁上一頓，膝蓋微屈，瞬間又反彈了過來，雙手握住太刀瞄準白狼的眉心刺去。

白狼手中大劍螺旋形揮舞，在面前形成一個火焰螺旋，螺旋向空中的羅獵包繞而去，試圖將羅獵困在其中。

羅獵的眼前出現了一個不斷擴展的火焰漩渦，他膽色過人，太刀直奔漩渦的中心挺刺，噹又是一聲巨響，在刀劍相交的剎那，火焰向周圍四散飛去，流焰有不少落在周圍的喪屍身上，那些喪屍怕火，身體被火焰燃燒起來。

羅獵在這次硬抗的交鋒中仍然處於弱勢，向後退了五步方才停住後退的勢頭，白狼雖然佔據優勢可不由得暗暗吃驚，他發現羅獵在和自己的戰鬥中力量非但沒有減弱反而不斷增強，而自己的體力卻在戰鬥中不斷減弱，照這樣下去，此消彼長，搞不好自己會敗在他的手下。

白狼口中念念有詞，手中大劍左右揮舞，燃燒的喪屍包圍在他們兩人的周邊，形成了一個燃燒的圓圈，伴隨著白狼大劍向前一指，那些燃燒的喪屍就不顧一切地向羅獵撲了上去。

羅獵揮動太刀，將靠近自己的喪屍斬首，可無頭的喪屍仍然沒有喪失攻擊力，有兩具喪屍已經抓住了他的足踝。

白狼挺起大劍再度向羅獵衝去，在他看來羅獵暫時被喪屍困住行動的自由，自己這次要一劍將他擊殺。兩道寒光從羅獵的身邊飛出，羅獵劈斬喪屍的同時，以意念同時驅動兩柄飛刀，兩柄飛刀呼嘯向白狼射去。

白狼並沒有算到羅獵在被喪屍圍困的狀況下仍然可以抽身反擊，他對羅獵的實力有了更深刻的認識。揮劍想要將飛刀擊落，可是那對飛刀竟似乎長了眼睛一樣，提前預見到他的反擊路線，竟然繞開了大劍，一左一右向他的耳洞射去。

白狼身軀一震，熊熊烈焰籠罩在他的身體周圍，兩柄飛刀射到火焰的邊緣就無法深入分毫，雖然這兩柄飛刀並不能給白狼造成真正的傷害，可卻成功阻止了白狼的這次攻擊。

羅獵已經斬落了十多顆喪屍的頭顱，從熊熊燃燒的喪屍包圍圈中解脫出來。

白狼火紅色的雙目盯住了羅獵的眼睛，羅獵毫無畏懼地跟他對視著，兩人周邊的景象忽然以光速向周圍奔逸而去，兩人在同時看到了自己的腦域空間。

一側是冰原，一側是火海，雪白的冰原和紅色的火海涇渭分明，火海中一頭白色的巨狼緩緩行進，牠無視周圍燃燒的烈火，皚皚冰原之上，一頭灰色的獨狼傲然而行。

牠們彼此對望著，突然同時向對方撲了過去。

現實中，白狼的大劍重擊在羅獵的肩頭，羅獵這次沒有選擇閃躲，而是一刀刺向白狼的右眼。

白狼並不認為羅獵的這一刀可以刺中自己，羅獵的這一刀果然在還未觸及白狼的時候就已經停止了前進的勢頭，大劍此時劈斬在羅獵的左肩，納米戰甲雖然避免了羅獵被大劍劈成兩半的下場，可是劍身傳遞的力量也震斷了羅獵的鎖骨，傷及到他的肺腑。

一個人全力攻擊的時候，勢必影響到自身的防守，白狼也不能例外，他看到羅獵的那柄太刀竟然斷裂，斷裂的刀鋒自刀身上激發而出，射中了他的右眼。

冰火交界處白狼將灰狼狠狠甩了出去，灰狼的利爪卻掃過牠的右眼，白狼眼前的冰原突然染上了一層紅色。

羅獵被大劍擊中的同時，利用納米戰甲將力量轉化，結合自身的力量震斷了太刀，刀鋒脫離了已經停滯不前的太刀，射入了白狼的右眼。

白狼接連後退了三步，鮮血沿著他的右眼湧出，他的形容變得越發可怖。

羅獵一步未退。

白狼尚未受傷的左眼望著羅獵，他的腦域世界中，腳下的火海正在後退，紅色的冰原不停擴展，而且正以驚人的速度向上拱起，灰狼傲立於拱起的冰川之上，俯瞰體型比自己超過一倍的白狼，頸部的灰色長毛豎起，牠又做好了攻擊的準備。

羅獵的戰甲綻放出紫色的光芒，雙手握住已經斷裂一截的太刀，目光堅定而篤信，整個人如同戰神降臨。

白狼右眼中的鮮血不停的流淌，他並沒有選擇繼續進攻，而是轉身逃離了戰場，在現實戰場中他已經落入下風，在腦域中的意識之戰中他敗得更慘。最初交手他和羅獵之間實力懸殊，如果他乘勝追擊，應該可以像殺死一隻螞蟻一樣幹掉羅獵，可是他並沒有把握住機會。正是因為他的自大而錯失了良機，白狼親眼見證了長舌女的死亡，又眼看著羅獵的實力在短時間內不斷壯大，現在的羅獵不但能夠和自己抗衡，而且還刺傷了自己。

白狼已經沒有了取勝的把握，他甚至感到害怕，如果繼續戰鬥下去，等待自己的或許只有死亡。

羅獵在白狼逃走之後，身體搖晃了一下，單膝跪倒在了地上，依靠手中斷刀拄地支撐方才沒有跌倒。

林格妮身處一群喪屍的包圍中，這群喪屍雖然凶猛，但是它們無法攻破納米戰甲對林格妮造成真正的傷害。

林格妮揮舞一雙彎刀，很快就從喪屍群中突破。她剛剛突出重圍，傑哈就迎了上來，從身後攔腰將她抱住，試圖將納米戰甲內部的軀體捏碎。林格妮啟動納米戰甲進入飛翔模式，帶著傑哈一飛沖天，納米戰甲的強大衝力帶著傑哈一起向上升騰，高速撞擊在天花板上，神廟的天花板也是堅硬的花崗岩構成，傑哈身高體壯，要比林格妮高上一頭，他也沒有料到林格妮會用這樣的方式進行反擊。

傑哈一顆腦袋硬生生楔入了花崗岩內，他不得不放開了林格妮。

林格妮脫困後落地，抬腳將兩名撲上來準備突襲的喪屍腦袋踢飛。

傑哈在這樣的高速衝擊下雖然腦袋陷入了花崗岩天花板中，可他仍然完好無恙，雙手天花板上一撐，硬生生將腦袋從岩層中又拔了出來。身軀重重落在地上。他還沒有站穩，林格妮又如同一顆出膛炮彈一般衝了上來，抓住傑哈，推著他的身體一直向後，將傑哈撞到了後方的岩壁之中。

羅獵此時回到林格妮的身邊，兩人合力從蜂擁而上的喪屍群中殺出一條血路，朝著金字塔的內部繼續前進，憑藉著納米戰甲的高速飛行能力，他們迅速擺脫了這群喪屍的追擊。

黑衣萊恩就在前方，他驅動著輪椅，本來他以為傑哈和喪屍足以對付羅獵兩人，可是沒想到他們居然這麼快就突出重圍，而且趕上了自己。

羅獵和林格妮一前一後將黑衣萊恩堵截，林格妮道：「說！明華陽在什麼地方？」

黑衣萊恩臉上帶著詭異的笑容：「你是讓我出賣會長嗎？」

林格妮道：「你不怕死？」

黑衣萊恩搖了搖頭，身後傳來沉重的腳步聲，卻是傑哈再度出現了，傑哈一身都是灰塵和粉屑，如同從麵缸裡鑽出來的一樣，不過他的身軀比起剛才更加魁梧，他的身高在增長，已經達到了三米，現在的傑哈已經成為了一個巨人。

林格妮道：「我來對付這個大傢伙。」

羅獵點了點頭，他走向萊恩，準備控制這個傢伙，雖然萊恩坐在輪椅上，可羅獵絕沒有小瞧他的意思。

萊恩突然摁下了輪椅暗藏的發射鍵，一道紅色的等粒子光束擊中了羅獵，羅獵被光束射中之後身體倒飛出去足足二十米，撞在神廟的牆壁上方才止住後退的勢頭。

傑哈一把向林格妮抓去，林格妮向傑哈衝去，在傑哈的手即將抓住自己之前，身體倒地貼著地面向傑哈的雙腿之間滑了過去，手中彎刀分別砍中了傑哈的足踝。

傑哈身體變大的同時他的動作也變得笨拙了許多，他沒能成功抓住林格妮，抬腳向林格妮踩去，林格妮對納米戰甲的操縱爐火純青，躲過傑哈的這一腳，身體筆直飛起，飛到空中然後迅速俯衝下來，以身體作為武器狠狠撞擊在傑哈的後腦上，傑哈被撞得一個踉蹌，轉身一拳又打了個空。

林格妮趁機給了他一記耳光，打完之後馬上就利用速度逃走，傑哈氣得哇哇大叫，面對快如閃電的林格妮，他空有一身蠻力無處施展，一拳擊打在一旁的石柱上，將石柱從中擊斷。

他們打得熱火朝天，羅獵那邊的戰況卻有些麻煩，羅獵從地上爬起來，再看黑衣萊恩這會兒功夫又逃出一段距離。

羅獵想要飛掠過去，可是納米戰甲卻在此時出了故障，無法啟動飛行模式，他只能大步追趕了過去。

萊恩看到羅獵窮追不捨，他非但不害怕反而還回頭笑了兩聲，然後他又摁下了一個按鈕，從輪椅的靠背上掉落下數十隻機械蜘蛛，這些蜘蛛迅速向羅獵靠近。

羅獵舉槍瞄準了其中的一個，開槍射擊，子彈擊中機械蜘蛛之後馬上爆炸開來，原來這些機械蜘蛛的體內全都是威力強大的炸彈，羅獵被氣浪掀翻在地，其他的機械蜘蛛繼續向羅獵爬了過來，這些蜘蛛速度奇快，一旦靠近目標就會吸附在目標的身體上，和目標同歸於盡。

羅獵只能接連開槍，避免這些蜘蛛靠近自己，他雖然穿著納米戰甲，可他並不能確定納米戰甲能夠抵受得住這些蜘蛛炸彈的輪番轟炸。

羅獵槍法不錯，一邊後退一邊開槍，雖然他身法不錯，可仍然有一顆蜘蛛炸彈爬到了他的腳邊，羅獵抬腳踢了出去，蜘蛛炸彈飛向傑哈，傑哈揚手就把這顆炸彈給抓住了，蓬！炸彈在他手中爆炸，傑哈右手的指頭被炸掉了三根，他痛得發出殺豬般的慘叫。

此時喪屍也湧了進來，喪屍首選的目標居然不是羅獵和林格妮，因為喪屍聞到了血腥的氣息，它們圍住傑哈蜂擁而上，傑哈怒吼著嚎叫著，很快他魁梧的身軀就淹沒在喪屍群中。

羅獵和林格妮趁機脫身離去，只是這樣一來他們已經找不到萊恩的蹤跡，他們應該是進入了金字塔的內部，兩人四處觀望的時候，突然聽到萊恩的聲音響起。

萊恩道：「我本不想殺你們，可是你們自尋死路，知不知道這是什麼？」

林格妮感覺這聲音似乎從四面八方傳來，無法確定萊恩究竟藏身在什麼地方，她厲聲道：「你何必裝神弄鬼，有膽子的話出來。」

萊恩笑道：「激將法對我沒用，這裡是詛咒之地，你們很快就會嘗到被懲罰的滋味。」

羅獵牽了牽林格妮的手，示意她先退出去，他有種不好的預感，可他們還沒有回到入口，一道石門就緩緩閉合，眼前陷入了一片黑暗之中。林格妮打開手燈，他們回到剛才進來的地方，羅獵拍了拍那道石門，極其厚重，就算他們兩人合力也無法將石門開啟。

林格妮道：「一定有機關。」

羅獵點了點頭，可林格妮的手燈卻突然熄滅，他們重新陷入黑暗之中，林格妮將手燈開關了幾次，仍然沒有反應，羅獵也帶著手燈，不過他的手燈也和林格妮一樣熄滅。

林格妮發現他們的納米戰甲也失去了效用，內心中不由得有些惶恐，低聲將自己的發現告訴了羅獵。

羅獵從口袋中取出了打火機，越是傳統的東西越是靠得住，他將打火機打著，可奇怪的一幕發生了，打火機點燃之後，火苗迅速脫離了火機，慢慢膨脹變成了一個乒乓球大小的火球，在空中冉冉上升。

羅獵從未見過這樣詭異的現象，他們望著那顆冉冉升起的火球，此時頭頂發出轟隆隆的響動，卻是這座金字塔的頂端開啟。

林格妮試圖再次啟動納米戰甲仍然沒有成功，她懷疑是剛才在戰鬥的過程中能量損耗過度，於是她想到了羅獵的那塊紫府玉匣。羅獵也想到了同一件事，剛才納米戰甲就是因為紫府玉匣才得到能量，他將紫府玉匣取出，在金屬塊上摸了摸，可戰甲仍然沒有半點反應。

一道白光從金字塔的頂端透入，那道光芒直射下方，照亮了這座金字塔的內部，他們這才發現地面上有一個古怪圓形圖案，白光剛好投影到圖案的中心，圖案在白光照射之後，開始一點點向周圍擴展明亮起來。

他們感覺到自己的身體開始變得輕盈，幾乎就要離地而起，周圍的空氣變得稀薄，明顯被迅速抽離出去，那道白光變得越來越強烈。

羅獵暗叫不妙，這金字塔和他們此前在湖邊看到的巨型天線似乎擁有著同樣的功能，只不過前者用來收集閃電和雷暴，而後者是用來收集月光中的能量。

周圍的溫度在迅速升高，短時間內已經攀升到攝氏四十五度，整個金字塔變成了一個巨大的烤箱，如果他們不能及時找到出口，很快就會被活活烤死在裡面，也可能提前就因缺氧窒息而死。

林格妮向一旁走去，想要找到出口，邁出一步感覺輕飄飄的，整個人就像是隨時都要離地飛起。

羅獵卻知道想要在短時間內找到出口沒有任何可能，他將紫府玉匣取出，放在地面上，用太刀將紫府玉匣小心推到那白光的正下方，既然紫府玉匣能夠吸取閃電的能量，它是不是同樣可以吸收月光，只要紫府玉匣能夠將能量納入其中，那麼周圍的環境就不再受到強光的影響。

白光投射在紫府玉匣上方，光芒明顯黯淡了下去，原本筆直投射的光柱，出現了波動，越是靠近紫府玉匣的地方越是像煙霧一般。

剛才羅獵和林格妮還不敢直視這道白光，可是隨著光芒的黯淡，他們在戴著墨鏡的狀況下已經可以觀察光束的變化。

灰色石匣中的金屬方塊在白光的照射下裡面似乎有紫色的光華流動，看上去就像是一塊半透明的冰。金字塔內的溫度開始回落，林格妮內心中失重般的空虛感也隨之減輕。

明華陽仍然坐在露台上，月亮移動到了金字塔的上方，一道光束投射到金字塔的頂部，整個金字塔變得潔白如玉，在黑夜中顯得溫潤晶瑩。此時有人前來拜訪，這種事情不常發生，可今天畢竟是特殊狀況，明華陽從監視螢幕上看到是白狼，他遙控開啟了房門。

白狼很少讓他失望，可愛奧尼亞海盆的事情之後，明華陽對他的信心也產生了動搖，正是白狼的疏忽方才導致外敵的入侵，明華陽仔細考慮過，應該是白狼在上次的行動後被人跟蹤，所以才暴露了伏魔島的位置。

白狼來到明華陽的身側，恭敬道：「會長還沒有休息？」

明華陽道：「事情沒有解決之前，我恐怕是睡不著了。」他有些倦怠地抬起雙眼望著白狼道：「進展如何？」

白狼道：「已經抓住了林格妮。」

明華陽點了點頭道：「羅獵呢？」

白狼道：「我殺了他！」

「很好！」明華陽讚過之後又道：「人帶來了沒有？」

白狼道：「就在門外！」

「把她帶進來吧！」

白狼轉身去帶人，在他來到明華陽身後的時候，突然抽出一把刀向明華陽的後頸砍去，明華陽並沒有發現白狼的襲擊，白狼的臉上露出欣喜的神情，可是他的這一刀砍中明華陽的脖子之後方才發現砍了一個空。

明華陽從剛才所在的位置神秘消失了。

白狼轉過身去，看到明華陽已經躺在了床上，手中端著一杯紅酒，悠然自得地望著他道：「想要偽裝一個人，最好不要挑選別人熟悉的。白狼是我一手創造，他的一舉一動，哪怕是一個眼神我都清清楚楚。」他搖曳了一下杯中的紅酒道：「你雖然竭力掩飾仇恨，可仍然暴露了。」

白狼冷冷望著明華陽，他的樣貌發生了變化，他是屠夫科恩。

明華陽點了點頭道：「很好，你還算有些膽色，直到現在都沒有放棄復仇的想法。」

科恩咬牙切齒道：「只要我有一口氣在，我就不會忘記。」

「那我只好幫你忘記了！」

科恩抽出了手槍，瞄準床上的明華陽接連開槍，明華陽拿著紅酒坐起身來，不見他躲避，子彈全都穿透了他的身體，可科恩卻明白穿透的只不過是他的幻影罷了。

明華陽居然來到了他的面前，臉上帶著不屑的笑：「你都不知道我在哪裡，又怎麼殺我？」

科恩揮刀向他砍去，又砍了個空，他不知發生了什麼？為什麼自己明明看到明華陽，每次出手卻全都落空？明華陽的身法果真到了神鬼莫測的地步？

明華陽道：「你看到的聽到的全都是錯覺，我想殺你不費吹灰之力。」

科恩知道他沒有誇大其詞。

明華陽道：「是龍天心告訴你伏魔島的位置？」

科恩低聲道：「我要殺了你。」

「真希望你能做到！龍天心讓你來送死之前沒有幫你注射一針化神激素？」明華陽的語氣充滿了嘲諷，看來改變外貌模仿他人就是科恩的異能，這種異能實在是太小兒科了，如果龍天心的能力僅限於此，自己還真是過於看重了她，龍天心本領不過如此，經她改造的科恩遠不及白狼。

明華陽拿起酒瓶，將瓶中酒傾倒下去，紅色的酒線就像是流淌出的血液，不過液體並沒有因為重力的作用而落地，在空氣中流淌出違反物理規律的軌跡。

紅色酒線如同一道利箭向科恩刺去。

科恩閃躲著，可無論他怎樣躲閃，都無法逃脫這道紅色利箭的瞄準。

明華陽道：「你的速度太慢。」說話間，那道紅色利箭分成了兩股，速度成倍增加，倏然射中了科恩的雙眼，科恩爆發出一聲痛苦的大叫。

明華陽道：「自不量力！」

科恩的身軀整個炸裂開來，明華陽看到了藍色的烈焰，他的臉色為之一變，這烈焰幾乎在瞬間就充滿了整個房間，明華陽這才意識到，科恩真正的異能是他的身體，他的身體就是一個威力迅猛的炸彈……

白狼離開神廟，他的右眼仍在流血，獨目望著金字塔上端的光柱，白狼的心情好過了一些，他很快就能夠恢復，他的手指直接伸入了右眼的眼眶，他的痛覺並不敏感，彷彿摳挖的並不是他自己的肉體，白狼找到了斷裂的刀尖，將之從眼眶中拔了出來。

他的眼珠隨著刀尖掉落出來，懸掛在面頰上，白狼獨目看了看染血的刀尖，然後扔在了地上，準備將眼球塞回到眼眶中的時候，突然看到了一道黑影就站在自己的面前。

這是一個盲人，穿著很不合時宜的灰色唐裝，手中握著一根長長的竹杖，眼眶深陷，其中並沒有眼珠，他就是被稱為遊魂的吳傑。

吳傑道：「一隻眼睛看世界的感覺有什麼不同？」

白狼將那隻受傷的右眼塞入了眼眶中，這隻眼睛暫時沒有視物的功能，獨目望著吳傑道：「總比瞎子要好！」

吳傑點了點頭：「你很快就會明白瞎子的感受！」話音剛落，手中細劍從竹竿中抽離出來，猶如一道劃破黑夜的疾電。

白狼向後退出一大步，如果換成過去以他孤傲的性情是不可能後退的，但是在他的右眼被羅獵刺傷之後，他強大的信心受挫不小，即便是面對一個盲人，他也不敢太過托大，這步後退就表現出了足夠的謹慎。

後退的同時，大劍從身後拔出，右手拔劍，寬厚的劍身如同盾牌一樣擋在身體前方，剛好擋住細劍的尖端，細劍刺在劍脊之上，迸射出數點火星，這星星之火瞬間讓整柄大劍燃燒了起來，白狼揮動燃燒的大劍，翻腕一壓，將細劍壓制在下方。

吳傑劍身上挑，細劍彎曲如弓。乾枯的左拳向白狼攻去。

白狼冷哼一聲，劍身上的火焰分散成數十個火團，漫天流火向吳傑聚集。

吳傑收回細劍，身軀向後飄飛，手中細劍在空中凌空劈斬，他雖然沒有了雙眼，可是每一劍都準確無誤地刺中空中的流火，他出劍的速度快到了極致。

白狼不由得倒吸了一口冷氣，他不知道對方究竟是如何感知攻擊的，如果單單是聽風辨位，這份本領已經可以獨步天下了，白狼認為吳傑應當擁有和蝙蝠類似的異能。

飛散的流火被細劍重新歸攏到劍身之上，吳傑手中細劍畫了一個圓圈，一個半米直徑的火環在空中形成，然後他手臂微抖，這火環向白狼反擊而去。

白狼左掌擊出，火環飛行的速度隨之減慢，最後停滯在兩人中間的位置，吳傑又是一劍刺了出去，這一劍從火環的中心穿過，火環被一股無形的劍氣擊潰，又幻化成漫天的流火，而白狼構築的隱形屏障也如同玻璃一般碎裂。

白狼再次用大劍封住吳傑的進攻，吳傑卻突然改變了戰術，他的身體在白狼身邊迅速移動著，因為速度太快，漫天都是吳傑的殘影。白狼可以利用異能在自己的周圍形成一個相對獨立的空間，可是讓他惶恐的是，吳傑竟然可以突破這個空間，別人無法突破的這道隱形屏障可以被吳傑輕易穿透。

白狼怒吼一聲，大劍揮舞得風雨不透，可世上的事情，全都是相對而言，風雨不透並不代表著吳傑的細劍無法穿透，吳傑出劍的速度遠遠超過了風雨來襲。

白狼看到了雪亮的劍鋒刺向他的左眼，這也是他左眼看到最後的情景，然後他就感到一陣劇痛，左眼變得一片漆黑。眼前無數吳傑的幻象瞬間消失，白狼在左眼被刺中的剎那，也成功把握到吳傑的位置，手中大劍狠狠擊中吳傑的細劍，細劍劍身在大劍的重擊下弧形反折，白狼隨後又是一拳。

這一拳並沒能夠擊中吳傑，吳傑的身軀如同風中柳絮，輕飄飄向後方飄去。

白狼雙目皆盲，他的內心反倒鎮定下來，雙手握住大劍，雙耳靜靜傾聽周圍的動靜。

吳傑舉起細劍，可很快卻又將之放下，他放棄了繼續進攻的打算，失去雙目的白狼竟然在瞬間完成了蛻變，當白狼不再為眼前的虛影所迷惑，他的實力就有了破繭成蝶的突變，在最後的那一招交手中吳傑已經察覺到了這一點。

白狼雖然看不到吳傑，可是卻能夠感覺到殺氣距離自己越來越遠，白狼道：「為何不敢決一死戰？」

當月亮偏離了金字塔的上端，金字塔內部的那道光束漸漸消失，光束雖然消失，塔內卻明亮依舊，光芒來自於紫府玉匣，紫府玉匣溫潤如玉，內部溢彩流光，過去冷冰冰的金屬塊如今竟似乎擁有了生命一般。

羅獵走過去將紫府玉匣拿起，用手摸了摸金屬塊，似乎比此前又溫潤了一些。

塔內的溫度早已恢復正常，林格妮暗自鬆了口氣，如果不是羅獵及時想起用紫府玉匣去吸收光能，他們現在恐怕已經被活活烤死，黑衣萊恩實在是夠陰險。

林格妮小聲道：「咱們怎麼出去？」

羅獵低聲道：「解鈴還須繫鈴人，他不看到咱們的屍體又怎能甘心？」他將紫府玉匣收好，金字塔內再度陷入黑暗之中，約莫過了一個小時，他們進入的那扇石門緩緩升騰而起。

外面傳來黑衣萊恩的聲音：「羅獵？羅獵？哈哈……哈哈……」他自言自語道：「不知你的肉是什麼味道？你們不用擔心，我會把你們做成木乃伊……」他突然停住了說話，目瞪口呆地看著前方，因為他看到羅獵完好無恙地站在眼前，萊恩意識到了什麼，他慌忙轉過身去，頸側被刀鋒抵住。

萊恩的手向輪椅扶手摸去，不等他摸到按鈕，林格妮的軍刀已割開了他的咽喉，然後用力一推，萊恩從輪椅上滾落在了地上，他捂著脖子鮮血汩汩流出。

林格妮看了看輪椅的扶手，上面佈滿了按鍵，他們此前就已經領教過輪椅的威力。

羅獵來到萊恩的身邊，萊恩望著羅獵，他的瞳孔在不斷散大。

林格妮發現輪椅上擁有著海量的資料，因為紫府玉匣吸收了能量，他們的戰甲又重新恢復作用，林格妮將戰甲和輪椅內的資料庫接駁，迅速下載其中資料。

從這些資料中並沒有花費太大的功夫就找到了實驗基地的所在。

明華陽渾身是血，這些血液多半都來自於科恩，他是個有潔癖的人，甚至無法容忍一丁點的汙跡，現在的狀況已經超出了他能夠承受的極限，明華陽發出一聲痛苦的嚎叫，而那些屬於科恩的汙穢血液，正在開始腐蝕他的身體。

明華陽從一片狼藉的地面上爬起，跌跌撞撞來到北牆的風景畫前，將風景畫扯落下去，露出後方的保險櫃，他迅速打開保險櫃從中取出一個合金密碼箱。

明華陽打開密碼箱，從中取出針劑第一時間注射到自己的體內，他閉上眼睛，藥劑的注入讓他的內心稍稍安定了一些。

一個聲音歎道：「這東西對你沒用。」

明華陽睜開了雙眼，看到龍天心就站在露台處，明華陽沒有說話，繼續將針劑推入自己的體內。

龍天心道：「亨利雖然從我那裡偷走了化神激素，可是獵風科技的核心機密沒那麼容易得手。」

明華陽已經注射完畢，他將針劑扔在了腳下，周身骨骼發出劈哩啪啦的聲音，因為沾染了科恩的血液而被腐蝕的傷口開始迅速癒合，隨著傷口的迅速恢復，明華陽重新變得自信滿滿，他微笑望著龍天心道：「踏破鐵鞋無覓處，得來全不費工夫。」

龍天心道：「一百多年前，一位法國石匠逃到了東方，加入了蒼白山的一支山賊隊伍，還娶了一位當地的女人，受連雲寨寨主的委託，他在開天峰雕刻神像，一住就是二十年，後來他帶著家人離開，直到普法戰爭爆發，他的一個兒子為了躲避兵役再次前往蒼白山，我想你就是他的後人。」

明華陽有些驚詫地望著龍天心。

龍天心道：「連雲寨收留了小石匠，讓他繼續他父親的工作，可沒想到這位小石匠發現了開天峰的一個秘密墳墓，他認為其中隱藏著無價之寶，於是生出想要據為己有的念頭，隱瞞了自己的發現，獨自一人進入發現的墓穴中，他沒有找到什麼寶貝，卻差一點死在了墓穴裡，這位小石匠不敢返回連雲寨，所有人也都以為他死了，可沒想到他的命很大，非但沒有死，反而活著返回了歐洲。」

明華陽打量著龍天心：「原來你是顏天心的後人！」

龍天心口中的小石匠曾經是顏天心的法文和英文老師，小石匠曾經留下了一張和學生的合影，那時的顏天心還很小，如果不是龍天心說出這番不為人知的經歷，明華陽也不會將她和顏天心聯繫起來。

龍天心道：「小石匠雖然僥倖逃離，可是他的幸運沒有持續太久，去歐洲不久就生了怪病，一戰的時候，被德意志科學家發現，將他的後人抓去進行研究，還將他稱為異能者。」

明華陽點了點頭：「你很厲害。」

龍天心歎了口氣道：「也不是什麼特別的秘密，談不上厲害。只是過了這一百多年，你們的家族始終無法克服異能帶給你們的副作用，亨利從一開始就是你安排進入獵風科技的。」

明華陽道：「你在告訴我，你早就發現了他的秘密？」

龍天心道：「不然他會得逞嗎？」

明華陽呵呵笑道：「你會不惜犧牲你的公司，你的地位，你的名譽？」在他看來根本沒有任何可能，龍天心只不過是在逞強罷了，她不肯承認失敗。

龍天心道：「你是怎麼找到失落之城的？」

明華陽冷冷看著她，沒有回答她的問題。

龍天心道：「化神激素不重要，只要進入九幽秘境的人都會發生身體上的異變，多半人都會加速死去，可小石匠是個例外，他居然活了很久，因為他盜走了一樣東西。」她停頓了一下，盯住明華陽道：「失落之卷在你的手裡對不對？」

明華陽點了點頭然後他移動了腳步，明華陽的大腦雖然向肢體發出了指令，可是他的身體卻沒有聽從指揮，他驚恐地發現自己的周身都已經麻痹了。

龍天心伸出手掌，她的手掌潔白細膩，猶如無瑕的美玉，明華陽僵直的身體緩緩浮起，如同大字型一樣漂浮在空中，他感覺自己的頭頂有一根利器在緩緩刺入，刺穿了他的頭骨，將他的頭頂開了一個天窗。

一隻火狐進入了荊棘叢生的荒原，所到之處，荊棘燃燒，明華陽感覺自己的意識正在被一絲絲抽離出去，隨著時間的推移抽離的速度變得越來越快……

第三章

意識的墳墓

進入死人的腦域是極其危險的，
因為死人的腦域世界很快就會徹底崩塌，
如果他在進入亨利腦域的時候剛巧發生了腦域崩塌，
他的意識又來不及從中抽離出來，
那麼亨利的腦域就會成為他意識的墳墓。

「這裡就是秘密基地！」林格妮指了指基地的大門，他們還沒有走入實驗基地，就發現情況有些不對，在實驗基地的大門外橫七豎八地躺滿了屍體，這些人都已經死了，從中找不到任何活口。

實驗基地的大門敞開著，他們沒有遇到任何的攔截，裡面工作人員也被人殺死，根據得到的電子地圖，他們並沒有花費太大的周折就找到了電梯，進入地下七層，這裡是秘密實驗基地的核心，他們在總控室找到了亨利，亨利還在座椅上，一把尖刀從椅背刺入，刀鋒從他的前胸露出來，羅獵握住尖刀從亨利的身體上抽離出來，這把尖刀是用地玄晶鍛造而成，和他採用的塗層工藝不同，這把尖刀完全是用地玄晶鍛造。

林格妮來到電腦前，破解密碼試圖進入伏魔島的中心資料庫，可她很快就發現資料庫已經被損壞。沈鵬飛幾人的任務是安置炸藥，以他們的能力也不可能先於他們兩人深入這裡，林格妮看了看時間，沈鵬飛談應該已經開始撤退了。也就是說還有其他人潛入了伏魔島，先於他們進入了秘密實驗基地，這些人很有可能就是最早炸毀大壩的人。

羅獵低聲道：「龍天心，一定是她！」

林格妮道：「看來她的目的應該不是佔據這裡，而是要將這裡徹底毀去。」

羅獵點了點頭，前方的大屏閃爍了一下，出現了一張美麗的面孔，果然是龍天心。

螢幕上的龍天心顯得單純而美麗，林格妮卻想到了蛇蠍美人這四個字。

龍天心道：「羅獵，你來晚了！看來我高估了你的實力。」

羅獵道：「明華陽在什麼地方？」

龍天心若無其事道：「死了！」

羅獵皺了皺眉頭，他對明華陽的生死並不在乎，他所在乎的只是營救林格妮，希望從明華陽那裡找到解救林格妮的解藥，明華陽死了就意味著林格妮獲救的希望變得更加渺茫。羅獵經歷了太多的生死離別，他不希望悲劇在林格妮的身上再次上演。

龍天心道：「每個人都會死，你們也一樣。」

羅獵道：「你想殺我？」

龍天心毫不猶豫地點了點頭：「這個世界上能夠威脅到我的只有你，從我見到你第一眼起，我就想殺掉你。聽我這麼說，你是不是很難過？」

羅獵不屑笑道：「你以為我會為你這樣的人感到難過嗎？」

龍天心道：「羅獵，無論你怎麼想，我很難過。」她的美眸中竟然泛起晶瑩的淚光。

林格妮道：「鱷魚的眼淚。」

龍天心道：「林格妮，你知不知道，其實羅獵心中從沒有愛過你。」

林格妮道：「又怎樣？我愛他，只要我知道如果我們兩個同時掉到海裡，他會救我就已經足夠了。」

龍天心本想刺激林格妮，卻想不到反而被她刺激到了，她冷冷道：「那你們就做一對同命鴛鴦吧！」螢幕突然熄滅，實驗室內突然靜了下來，羅獵卻感覺到風雨欲來的前兆，他提醒林格妮馬上啟動納米戰甲。

就在兩人啟動戰甲的同時，他們感覺到了來自頭頂的震動。

沈鵬飛幾人已經開始撤離，他們沒有選擇沿著原路撤退，因為從原路極有可能遇到那些利用複製技術製造的遠古猛獸，在缺少羅獵的前提下，他們沒有把握制服那些凶猛的巨獸，他們距離伏魔島的港口不遠，最近的路線就是前往港口，只要他們能夠成功奪得一艘艦船，他們就能在最短的時間內離開伏魔島。

他們返回驢子所在的警戒塔時，看到中心區接連發生了爆炸，驢子望著遠處的火光，還以為這些爆炸是隊友所引發，他詫異道：「還沒到引爆的時間啊？」

陸明翔道：「不是我們！」

麻燕兒道：「羅獵他們還沒有回來，我們是不是前去支援？」

眾人都向沈鵬飛望去，沈鵬飛抿了抿嘴唇，他的內心也是極其矛盾，在道義上他們理當去支援，可理智卻又不允許讓他這樣做，如果他下達那樣的命令必將造成更多的犧牲，他低聲道：「不是我們不想去，而是我們去了也解決不了任何問題，只會造成更多犧牲，如果羅獵他們應付不來，我們去也只能白白送死。」

他停頓了一下，下定決心道：「馬上撤離！」

電梯已經被損毀，通往地面的所有通道都被炸毀，羅獵和林格妮身處在伏魔島地底三十米左右的地方，龍天心果然夠狠，這是決心要將他們置於死地。

林格妮來到主機前，她試圖修復損毀的資料，哪怕是能夠從資料庫中找到伏魔島的詳細地圖，他們都有逃出生天的機會。

羅獵則四處尋找著可能的出路，他很快就意識到所有的出口都已經被封閉，有一扇門雖然能夠打開，卻是用來存放一些實驗試劑的冷庫，儲存著許多實驗試劑，其中就包括喪屍病毒。

林格妮的努力也失敗了，因為主機徹底斷電，整個地下陷入黑暗中，應急燈亮了起來，林格妮來到羅獵身邊，握住他的手，她並不感到害怕，其實她早已接受了不久於人世的現實，可是羅獵不一樣，若不是為了幫助自己尋求解藥，羅獵不會來到伏魔島，也就不會陷入現在的困境，林格妮顫聲道：「是我害了你。」

羅獵搖了搖頭，伸手拍了拍她的俏臉：「一定還有希望。」他們還活著，又怎能輕言放棄。

林格妮道：「我們距離地表大概有三十米，這還不算上方炸毀的廢墟……」此時周圍又傳來震動，林格妮立足不穩，羅獵慌忙將她抱住。

羅獵道：「納米戰甲呢？」

林格妮搖了搖頭道：「納米戰甲雖然可以飛天，卻無遁地的功能。」

羅獵道：「這地下實驗室內，難道就沒有任何應急的措施？」

林格妮道：「消防，通風，六部電梯，能想到的全都被炸毀封閉了。」

羅獵來到亨利的屍體前，搜索了一下亨利的周身並沒有什麼特別的發現，他忽然想起了一件事，人在死去的一段時間內，腦域中通常會留有一些意識殘像，而這些殘像通常是他最希望做的。

可是進入死人的腦域是極其危險的，因為死人的腦域世界很快就會徹底崩塌，如果他在進入亨利腦域的時候剛巧發生了腦域崩塌，他的意識又來不及從中抽離出來，那麼亨利的腦域就會成為他意識的墳墓。

換成過去，羅獵是不敢進行這樣的嘗試的，但是在目前的狀況下，亨利的腦域殘像已經成為他們逃出生天的唯一希望，羅獵不得不冒險。他的雙手捧住亨利的頭顱，試圖進入亨利的腦域世界，可他很快就發現亨利的腦域世界已經封閉，這是人死之後正常的狀況。

就算亨利的腦域世界中仍然存有意識殘像，如果無法開啟亨利的腦域大門，自己也很難進入其中。

羅獵固然能夠用意識強行開啟亨利的腦域世界，但是如果強行開啟勢必造成亨利腦域世界的徹底崩塌，他將永遠無法讀取亨利的意識殘像。一籌莫展之時忽然想起了冷庫中的試劑，羅獵產生了一個大膽的想法，如果將喪屍病毒注射到亨利的體內，那麼亨利會變成喪屍，同時他的腦域世界會發生重啟，當然這種重啟的腦域世界只剩下殘暴和混亂，失去正常人的意識，但是至少有了從中找到意識殘像的可能。

羅獵將自己的這個想法告訴了林格妮，林格妮認為他的想法太過冒險，可是又想不到其他的辦法，只能答應讓羅獵冒險一試。

考慮到亨利變成喪屍之後可能發生的變化，他們先將亨利綁起，然後才給他注射了喪屍病毒的針劑。

林格妮站在亨利的身後為羅獵護法。

原本已經氣絕的亨利在注射喪屍病毒之後不久身體活動了起來，他的臉色變成了青灰色，雙目之中佈滿了黑色的脈絡，張開嘴巴，上下頜開張的幅度明顯超過了以往，喉頭發出野獸般的嘶吼。

羅獵盯住亨利的雙眼，時間對他來說極為緊迫，他的意識在第一時間進入了亨利的腦域。

一個剛剛死亡的人腦域縱然失去了生命力，可是腦域還不至於瞬間崩塌，注射喪屍病毒的亨利雖然重新將腦域的大門開啟，可是他的腦域卻呈現出瘋狂生長的變化。

蒼狼從敞開的腦域之門進入死灰的世界，在牠進入這片腦域世界的同時，周圍的一切開始扭曲變化，蒼狼高速向前奔行著，捕捉著亨利腦域世界的最後殘像，亨利腦海中最後的影像如玻璃般碎裂，在腦域世界的上空中翻轉，然後化為飛沙，整個腦域世界從灰黑開始發紅，最後完全變成了血色，蒼狼捕捉著到處翻飛的破碎影像，只是匆匆看過，然後就迅速轉身逃了這崩裂扭曲而後又瘋狂重組的腦域世界。

影像的殘片呼嘯向蒼狼襲擊而去，割裂了蒼狼的軀體，腳下紅色的土壤燃燒起熊熊烈焰，亨利的腦域變得如同煉獄般可怕。

現實中，亨利的身軀在不停扭動著，臉上的肌肉扭曲猙獰，試圖撕咬面前的羅獵，可是他的手腳被捆住，頭部又被牢牢固定，羅獵的表情也非常的痛苦。

林格妮單從表情就已經看出羅獵正處於極度的痛苦中，她恨不能現在就一槍打碎亨利的腦袋，儘快將羅獵清醒起來，可她又擔心這樣的做法可能會連累到羅獵。在羅獵的意識離開亨利混亂的腦域之前，如果將亨利徹底殺死，很可能將羅獵的意識封閉在死寂的腦域空間中。

羅獵終於睜開了眼睛，雖然只經歷了不到三分鐘的時間，對他而言卻如同度過了漫長的一個世紀，羅獵疲憊地在一旁坐下。

亨利發出陣陣哀嚎。

林格妮走過去將水壺遞給羅獵，羅獵補充了一些水分，然後轉身一槍將亨利的頭顱射得粉碎。倒不是因為羅獵殘忍，而是對中了喪屍病毒的人來說，徹底死去方才是一種解脫，如果亨利還有正常的意識，他一定會感激羅獵現在的做法。

羅獵閉上雙目，將從亨利腦域中捕捉到的零碎記憶拼湊起來，林格妮沒有打擾他，知道羅獵這次冒著迷失記憶的風險進入亨利的腦域實在是凶險無比，希望他能夠有所發現，如果仍然找不到線索，他們兩人就只能困在這裡等死了。

過了約莫十分鐘，羅獵終於睜開了雙目，他向林格妮道：「這裡有一條應急通道。」

沈鵬飛六人在碼頭奪得船隻之後，經由海路重新返回了遊艇的停靠地點，鍋蓋頭仍然在遊艇上守著，聽聞白臉已經犧牲，鍋蓋頭禁不住落下了熱淚，一群人等著羅獵和林格妮的回歸，然而還沒到他們約定的時間，整個伏魔島就開始爆炸。

望著島上沖天的火光，沈鵬飛知道這次爆炸的威力僅憑著他們佈置的炸藥是達不到的，整個島嶼在這次的爆炸中幾乎夷為平地，為了安全起見，他們不得不駛離原來的位置。

陸明翔歎了口氣，他知道羅獵和林格妮應該回不來了。

麻燕兒的明眸中含著淚水。

火炮道：「咱們還等下去嗎？」在他看來，整個島嶼都在這場爆炸中化為飛灰，島上的任何生物都不可能在這場爆炸中倖存，他們也許已經沒有了繼續等候的必要。

沈鵬飛毅然決然道：「等，按照我們的約定等下去！」

這是一場已經知道結果的等待，不過他們既然說過要等，就一定要等下去。

七天之後，特遣小隊回到了基地，沈鵬飛代表小隊向基地的新任負責人陸劍揚做了報告。

陸劍揚聽完沈鵬飛的報告之後，表情嚴峻道：「你能否確認明華陽已經死亡？」

沈鵬飛搖了搖頭道：「無法確定，因為我們沒有見證他死亡，甚至我們都沒有見到明華陽本人，我能夠確定的是伏魔島已經被夷為平地。」伏魔島爆炸並夷為平地之後，那周圍強烈的磁場干擾突然就神奇消失了，他們的武器可以重新使用，他們甚至重新建立了和飛行器的聯繫，他們的雛鷹號並沒有被海怪損毀，陸明翔利用遙控將雛鷹號降落到他們的周圍，他們重新登上雛鷹號之後，圍繞整座伏魔島的廢墟展開了搜索，在這片殘骸上整整搜索了二十四個小時，仍然沒有任何的結果。

陸劍揚道：「其他人呢？」

沈鵬飛道：「對不起，這次行動失敗我要負有主要的責任。」

陸劍揚道：「誰說這次的行動失敗了？炸掉伏魔島摧毀天蠍會的基地本身就是一個了不起的勝利。我已經向上級提請嘉獎，組織上已經決定追認闓國根同志為烈士。」

闓國根就是白臉，他在此次的行動中犧牲了。

沈鵬飛實事求是道：「炸掉伏魔島的功勞也不是我們的，這次主要是得益於羅獵和林格妮……」

陸劍揚用眼神制止了沈鵬飛繼續說下去，羅獵和林格妮和他們的計畫無關，和基地更沒有任何的關係，從這件事上能夠看出沈鵬飛良好的品格，不居功，勇於承擔責任。

沈鵬飛是個極其睿智的人，他明白這位基地新任負責人制止自己的用意，低聲道：「我們雖然佈置了炸藥，可炸藥的威力並不至於炸毀整座伏魔島，所以我們懷疑啟動爆炸的另有其人。」

陸劍揚道：「說來聽聽。」

沈鵬飛道：「有兩種可能，一是明華陽，他知道伏魔島暴露之後，認為這個地方已經失去了存在的意義，所以啟動了自毀程式，還有個可能是龍天心，龍天心一直都在尋找明華陽，而且種種跡象表明獵風科技目前的麻煩都是明華陽給她造成的。」

陸劍揚去了麻雀的墓，自從麻燕兒參加行動之後，他一直不敢過來，直到麻燕兒平安歸來，他這才來到老太太的墓前，送上一束鮮花，告訴老人家麻燕兒平安歸來的消息，當然還有他的兒子陸明翔的消息。

陸劍揚懸著的那顆心總算落下，任何人都有私心，他也不例外，從這次計畫一開始他就反對兒子和未來兒媳加入這場計畫，不過沈鵬飛的加入讓他無話好說。

將軍在這次行動後選擇從領導的位置上退了下去，推薦了陸劍揚接替他繼續領導基地，基地失去了秘密資料，這個責任將軍主動承擔了下來，是他選擇和龍天心合作，而事實證明龍天心只是在利用基地，伏魔島是她拋給基地的誘餌，將軍在這件事上被她蒙蔽。

如果不是特遣小隊遇到了羅獵和林格妮，也許這次會全軍覆沒。

陸劍揚將鮮花放下，此時他才留意到包裝鮮花的紙上畫著一個符號，看到這個符號，陸劍揚的臉上露出會心的笑容。

臨浦古鎮在黃浦周邊的諸多古鎮中算不上有名，規模不大，清幽雅致，外地遊客很少會選擇這裡，所以小鎮上住的多半都是本地人。也正因為如此，小鎮沒有失卻本來的味道，古鎮秋天的早晨有些冷清，天空下著如絲細雨，一座白牆青瓦的舊宅從裡面拉開了一條縫隙，林格妮穿著頗具古風的長裙，左手拎著食盒，右手打著一把紅色的摺扇，來到了門口的小路上。

青石板路面被水洗滌得乾乾淨淨，一顆顆發著光就像晶瑩的玉石。林格妮的腳步很輕，彷彿生怕驚醒了小鎮寧靜的夢，又彷彿擔心踩碎了這一顆顆的玉石，左拐一百米，越過如彩虹般橫亙於清水河上的拱橋。林格妮在拱橋的頂點停留了一會兒，欣賞著雨中小鎮如畫卷的美景，美景如畫，人在畫中。

她是去買早點的，紅二娘家的小籠包，鴨血湯是羅獵最喜歡吃的，雖然羅獵建議她多睡一會兒，可林格妮仍然習慣早起，她想在自己有限的生命中多為羅獵做一些事，為自己深愛的人做事就是自己最大的快樂。

林格妮認為自己會是第一位顧客，可當她到的時候，卻發現已經有人坐在臨河的小桌旁在吃早點。

陸劍揚看到林格妮，他笑了起來，然後向林格妮點了點頭道：「吃什麼？我請！」

如果不是看到林格妮留下的記號，陸劍揚還不知道她已經脫險，林格妮和羅獵無恙讓陸劍揚倍感安慰，他知道應該去那裡找她，這裡曾經是林格妮的祖居，除了他，沒有其他人知道。

林格妮叫了一碗雲吞，在陸劍揚的對面坐下，小籠包和鴨血湯都要趁熱才好吃，她準備離開的時候再買。

陸劍揚道：「十多年了，這裡的味道還是沒變。」

林格妮道：「在這個多變的世界，不變才更加珍貴，您說是不是？」

陸劍揚點了點頭道：「我很擔心你。」

林格妮道：「我相信。」如果說基地中還有一個人值得相信，那麼這個人就是陸劍揚。林格妮至今都無法忘記當年陸劍揚冒著生命危險將她從天蠍會救出的情形，如果沒有陸劍揚，自己早已死了，也是他將自己撫養成人，在林格妮心中陸劍揚既是自己的老師又像是自己的父親。這些年來，他為了救治自己想盡了一切辦法，雖然沒有找到救治自己的方法，可他的努力和付出自己是看得見的。

陸劍揚道：「你們一定費盡了辛苦吧？」

林格妮點了點頭，她沒有告訴陸劍揚這其中的辛苦，當時的驚心動魄，其中的千辛萬苦，沒有親身經歷的人是無法想像的，如果不是羅獵以身試險進入亨利的腦域，他們找不到逃生的途徑，可這次的腦域之旅帶給羅獵的惡劣影響到現在仍未結束，所以她才想起將羅獵帶到這裡，在這寧靜的小鎮上調養生息，希望羅獵能夠儘快從那段可怕的記憶中解脫出來。

陸劍揚感覺到他們之間生疏了許多，他誤以為是在這次的行動過程中，林格妮對自己的做法產生了意見，他歎了口氣道：「這段時間我對你們有所虧欠，不過你放心……」

林格妮搖了搖頭阻止陸劍揚繼續說下去，她柔聲道：「我知道您想說什麼，其實您也沒有虧欠我們，接受這次任務本來就是我們自己的選擇，伏魔島的確是天蠍會的總部，他們的實驗基地也在那裡，這次的爆炸摧毀了整個伏魔島，實驗基地自然不復存在了。」

陸劍揚在此前就聽沈鵬飛幾人說起過，可那時他仍然無法確認，直到現在，聽林格妮親口說出，他方才相信了這個事實，陸劍揚感到心底的石頭落地，雖然他們在這次行動的過程中被龍天心牽著鼻子走，可最終的結果還算勉強過得去，至少他們重創了天蠍會。陸劍揚道：「明華陽呢？」

林格妮道：「我們並沒有找到明華陽，不過亨利死了，我相信他多半被龍天心剷除，就算他活著也應當興不起什麼風浪。」她說完起身道：「我該回去了，他還在餓著肚子呢。」

陸劍揚笑了起來，他知道林格妮口中的他指的是誰。

林格妮買好早點，陸劍揚又搶著付帳，她也沒有客氣，就讓陸劍揚為他們多做一點事吧，這樣他的心裡會好過一些。

陪著林格妮來到拱橋邊，林格妮道：「別送了，如果讓他看到，就知道我走露了風聲。」

陸劍揚從她的話語中聽出羅獵應該是要和自己和基地徹底劃清界限的意思，他笑道：「好，那我就不送了，我還有幾句話。」

林格妮停下腳步。

陸劍揚道：「你身體怎麼樣？」他非常關心林格妮有沒有找到治癒身體的方法。

林格妮淡然笑道：「我現在過得很好。」

陸劍揚點了點頭，心中卻明白林格妮並未從這次的行動中找到治癒她自己的辦法，不由得有些難過。他又道：「有件事我想你們應該知道，龍天心在北美找到了靠山，她的公司很快就會重新上市。」

林格妮道：「你們會有辦法的。」

陸劍揚愣了一下，然後道：「總會有辦法的。」

羅獵吃完早餐，穿上圍裙的林格妮過來收拾，羅獵的鬍子有段時間沒有清理了，已經長得很長，頭髮也有些蓬亂，可在林格妮眼中他仍然是這個世上最英俊最有魅力的男人。

羅獵道：「你這次出去的時間比過去多了十五分鐘。」

林格妮不禁笑了起來：「原來你那麼關心我？」

羅獵道：「有人來了？」

林格妮沒有回答，去將碗筷全都洗乾淨了，又沏了壺今秋的祁紅，捧著茶盤回到他身邊，羅獵坐在躺椅上，像大戶人家的老太爺一樣懶洋洋躺著，雙目望著從廊前屋簷下不斷滴落的秋雨。

林格妮在琥珀杯內倒了一杯紅茶，雙手遞到他的面前：「老公，喝茶！」

羅獵接過那杯茶抿了一口，然後道：「陸劍揚來了？」

林格妮道：「你越來越八卦，整天好吃懶做，都不知道你在想什麼？」她當然知道羅獵在想什麼，羅獵在尋找救治她的辦法，努力拼湊著亨利腦海中的零散記憶，這段時間，他看似好吃懶做，不修邊幅，可無時無刻不在回憶者亨利腦域中的那些碎片，將一個個的碎片拼湊起來原本就是一項艱苦的工作，更何況拼湊的物件是支離破碎的記憶影像。

進入亨利腦域的那段經歷是極其可怕的，羅獵本該儘早擺脫那段不快的記憶，可為了營救林格妮，他又不得不去回想，幾乎每天，幾乎每時每刻都回憶著那可怕的情景。

如果不是羅獵強大的心態和堅韌不拔的性格在支撐，普通人恐怕早已瘋掉，讓羅獵鬱悶的是，直到現在仍然沒有從亨利的記憶中搜尋到可以營救林格妮的辦法。

林格妮湊上去在他臉上輕輕吻了一下。

羅獵道：「你還嫌咱們的麻煩不夠多？」

林格妮道：「人家錯了，你原諒我好不好？」

羅獵可不是當真生氣，不過他最近的心情不好倒是真的，他將茶杯放下，林格妮乖巧地給他續上熱茶，雙手捧茶奉到他的面前：「老爺，小女子這廂給您陪不是了，要打要罰全都由您。」

羅獵接過那杯茶，打量著秀色可餐的林格妮。

林格妮俏臉緋紅，媚眼如絲道：「要不就肉償。」

羅獵忍不住笑了起來，林格妮一秒破功，氣得伸手去擰他的耳朵：「你好沒情趣，討厭！」

羅獵好不容易才止住笑：「他來找你幹什麼？」

林格妮道：「你那麼聰明，當然猜得到。」

羅獵道：「我們跟他還是劃清界限得好。」

林格妮點了點頭道：「不過從他那裡，我得到了一些資訊。」

羅獵道：「什麼資訊？」

「龍天心得到了北美方面的支持，她的公司很快就會重新上市。」

羅獵道：「她幹什麼跟我們沒有關係，只要她不做壞事，我也不會去破壞她的好事。」

林格妮道：「你的胸襟還真是夠寬廣，在百慕達她差點把咱們害死，難道你心裡一點都不記恨？」

羅獵道：「她害我也不止一次了，可能我的存在對她來說是個威脅吧。」

林格妮道：「你說明華陽是不是死了？」

羅獵道：「就算沒死，也一定被龍天心所制。」

林格妮道：「龍天心如果僅僅是為財還好。」

羅獵聽出她話裡有話，輕聲道：「你這話什麼意思？」

林格妮道：「基地之所以派出特遣小隊是龍天心透露的消息，而在特遣小隊出動的時候，龍天心以自身為質留在了基地，這也是基地相信她並同意跟她合作的原因，可是沒想到龍天心的另外一個出發點是為了從基地竊取秘密檔案，基地丟失了一份絕密資料，目前可以肯定是她盜走的。」

羅獵聽完半天沒有說話，林格妮忍不住問道：「你覺得龍天心還會不會興風作浪？」

羅獵道：「我不知道，希望她能夠好自為之。」他站起身來，舒展了一下雙臂道：「我去洗個澡，換身衣服。」

林格妮道：「是不是打算出去走走？」

羅獵點了點頭道：「是，咱們去北平一趟。」

這早已不是羅獵記憶中的北平，事實上他正在努力將過去的記憶封閉起來，這早已是一個嶄新的世界，一個不屬於他的時代。麻雀留下的這套舊宅如今已經價值不菲，她臨終前委託陸劍揚將這套四合院留給了羅獵，也只有羅獵才知道關於這套宅院的故事。

大門上著鎖，這難不住羅獵，打開房門，看到院子裡還算乾淨，麻雀生前每年都要來這裡兩次，當然除了她過來的時候才會請人打掃，一切都保持著昔日的佈局。

麻博軒留下了許多的書，後來麻雀又補充了一些，房子雖然保持著過去的樣貌，可是管道線路做過改造，也增設了空調。

羅獵知道麻雀不會平白無故留下一套宅院給自己，他仔細搜尋著書架。

林格妮則去安頓行李，清理房間，臨來之前，羅獵就決定要在這裡住上一段時間。

在整理麻雀房間的時候，林格妮發現了一些沒有來得及寄出的信，信封得很好，看了看日期，應當是麻雀臨終前半個月所寫，看來她在臨終之前還來過這裡並在這裡住了一段時間。

羅獵翻遍書架都沒有什麼發現，聽說林格妮發現了一些信，羅獵來到麻雀的房間內，看了看那些信，心中不由得有些猶豫，信全部都封了口，那些地址都是黃浦的某個地方。

羅獵對這個地址非常熟悉，因為這地址就是他和葉青虹的故宅。在他來到這個時代之後，羅獵曾經去過故宅，那裡早已不復存在了。

羅獵望著那疊信考慮良久，方才按照日期拆開了最早的一封。

羅獵，你好：

當你看到這封信的時候，我想我已經不在人世了，有些話，我一直都想對你說，可是反覆斟酌還是沉默為好，我動用了所有的關係，為你詢問能否找到歸鄉之路，然而最終無果，我不想你絕望，然而現實總是如此殘酷……

這封信只寫了這些就不再繼續，羅獵又拆開了第二封信。

羅獵，你好：

心中有無數的話想對你說，可一到提筆之時就產生惜字如金的念頭，我應不應該對你說明實情？在關於你家人的事情上，我有所隱瞞，你也未曾主動詢問，時光無法倒回，發生過的事情畢竟已經成為事實，如果你接受了永遠留在這個世界的現實，那麼可以開啟第三封……

羅獵將信放了下來，拿起第三封信，許久都沒有拆啟。

林格妮在一旁默默看著他，羅獵的表情前所未有的沉重，他的目光充滿了猶豫。終於羅獵還是選擇了放棄，他掏出了火機，選擇將那一疊信全都燒為灰燼。

他雖然沒有看信中的具體內容，可是他能夠推斷出麻雀在信中說的是關於他家人的消息，而且很可能是一個他無法接受的現實。

羅獵不缺乏勇氣，可是他無法確定自己在得知發生在家人身上的遭遇之後能否依然保持一份平靜的心態，雖然一切已經發生，一切都成為事實，可是如果麻雀要告訴自己的是一個悲劇，那麼自己會不會因為當初的選擇而懊悔終生？

一定會！

也許他的選擇從一開始就是錯的。

林格妮去拿了笤帚默默將灰燼打掃乾淨，羅獵開了窗，讓室內的煙火氣息向外散去，又點燃了一支煙，望著窗外的紅楓在秋風中瑟縮。當林格妮重新回到他的身後，羅獵道：「我要回去。」

林格妮點了點頭：「我知道。」

羅獵道：「其實我什麼都沒有改變，唯一改變的只有我自己！」他痛苦地揉搓著頭髮。

林格妮從身後抱住了他，柔聲安慰道：「一定能夠回得去，既然九鼎能夠開啟時空之門，就一定能夠開啟第二次。」

羅獵搖了搖頭，麻雀在西海考察多年，根本沒有發現九鼎的蹤跡，她曾經確定地告訴自己，在他和風九青的那次經歷之後，九鼎就神奇消失了。

羅獵在夢中也無數次夢到九鼎破碎的場景，也許冥冥之中早有預兆。

門鈴聲突然響起，林格妮和羅獵對望了一眼，兩人都感到有些詫異，畢竟他們才剛剛來到這裡，也沒有驚動任何的外人。

林格妮小聲道：「我去開門。」

羅獵點了點頭。

林格妮來到門外，打開了門上的小窗，外面是一個文質彬彬的年輕男子，他向林格妮笑了笑道：「您好，請問羅先生在嗎？」

林格妮道：「你是……」她內心非常的奇怪，畢竟他們才剛剛來到這裡，居然行蹤就暴露了，難道是陸劍揚？她很快就否定了這個推測，陸劍揚言出必行，他既然說過不再麻煩他們，就應當不會這麼做。

那年輕男子笑道：「我叫沈忘憂，有人委託我送來一封信。」

林格妮從窗口接過那封信，沈忘憂告辭離去。

回到室內看到羅獵仍然坐在那裡發呆，林格妮將那封信悄悄放在一旁。羅獵道：「什麼事？」

林格妮道：「外面有個叫沈忘憂的人，幫人送來了一封信。」

羅獵聞言內心一震，沈忘憂？難道是自己的父親？他大聲道：「送信人在什麼地方？」

林格妮道：「應該已經走了。」

羅獵顧不上解釋，起身就追了出去，等他來到了外面，哪裡還能看到沈忘憂的身影。

林格妮也跟著追了出來，看到羅獵一反常態的樣子猜到一定發生了大事。

羅獵拆開信，信封中只裝著一份請柬，卻是今晚在雲頂酒店的一場晚宴，請柬上寫著羅獵的名字，卻沒有邀請人，上面有邀請碼，應該是掃碼入內的。

林格妮不知自己是否做錯了什麼，小聲道：「我是不是該把他留下？」

羅獵搖了搖頭道：「應該還會有見面的機會。」他將請柬收好。

林格妮道：「只請了你一個？」

羅獵點了點頭道：「也許一切即將水落石出了。」

林格妮道：「我和你一起去。」

羅獵搖了搖頭道：「不用，你留在家裡安心等我回來。」

林格妮牽住他的手道：「你自己小心。」

羅獵輕輕拍了拍她的俏臉，微笑道：「放心吧。」

雲頂酒店的這場神秘晚宴安檢非常嚴格，就算羅獵答應帶林格妮一起前來，缺少邀請碼的她也是無法入內的，羅獵在酒店門前通過了安檢，他特地換上了黑色西裝，修剪了頭髮，刮淨了鬍子，整個人精神抖擻風度翩翩。

每位客人都有專門的引領者，羅獵的引領者是一位金髮碧眼的美麗女郎，途中羅獵道：「請問今晚的主人是？」

那女郎笑了笑，卻沒有回答羅獵的問題。

羅獵也沒有繼續追問，看來這位神秘的邀請者想要將這種神秘感保持到最後。

來到雲頂酒店頂層的旋轉大廳，隨同那女郎走入其中，羅獵看到了一個熟悉的面孔，身穿黑色晚禮服的艾迪安娜婷婷嫋嫋向他走了過來，嬌笑道：「羅先生來了，我還以為你不會來呢。」

羅獵向她禮貌地點了點頭，算是打了個招呼，原來這場晚宴的主人是龍天心，其實羅獵猜測的對象中就包括了龍天心在內，只不過他沒有料到龍天心會這麼大膽，在盜取基地的秘密資料之後這麼快就敢在北平舉辦活動，難道她認為獲得了北美政府的支持就可以有恃無恐？

艾迪安娜道：「今晚客人很多，我還有許多事情要做。」

羅獵淡然笑道：「你去忙吧。」

艾迪安娜道：「對了，我給您介紹一位朋友。」她帶著羅獵來到一位站在窗前眺望外面夜景的白衣女郎身邊：「羅小姐！」

白衣女郎轉過身來，羅獵看到她的樣子不由得呆住了，眼前的女郎竟然是他的母親沈佳琪，可艾迪安娜稱呼她為羅小姐。羅獵相信這一切應當不是巧合。

羅佳琪看到羅獵目瞪口呆的樣子，不由得笑了起來：「怎麼？你不認識我了？是不是把我的東西弄丟了，不好意思見我？」她的話等於間接承認自己就是羅獵在歐洲所遇的白衣修女。

羅獵笑了起來，他主動伸出手去，和少女時代的母親握了握手，這種感覺非常的奇妙，他笑道：「如果我沒記錯，那件東西是羅小姐送給我的。」

羅佳琪道：「我可沒說不用你還。」

艾迪安娜道：「你們聊著，我去招呼其他的客人。」

羅獵叫了兩杯紅酒，其中一杯遞給了羅佳琪。他舉杯道：「為了我們的再次重逢。」

羅佳琪跟他碰了碰酒杯，向周圍看了看道：「林格妮呢？」

羅獵道：「她沒收到請柬。」

羅佳琪點了點頭。

羅獵道：「其實我到現在都不知道今晚宴會的主人是誰？」

羅佳琪笑了起來，她正想開口說話，一個聲音在他們的身後響起：「佳琪，原來你在這裡啊，我到處找你。」

羅獵看到來人的時候，內心中再次激動了起來，因為來人是沈忘憂，他的父親，看到年輕時代的父母站在一起，羅獵一時間百感交集，簡直不知道應該說什麼才好。

沈忘憂望著羅獵，明顯有些警惕：「這位是……」

羅獵心中暗暗發笑，父親該不是誤會了自己，把自己當成了假想敵？他笑道：「你不認識我？明明是你給我送的請柬啊。」

沈忘憂這才知道他是誰，歉然道：「原來是羅先生，實在是抱歉。」

羅獵故意向羅佳琪道：「羅小姐，這位是你男朋友？」

羅佳琪的俏臉紅了起來，她搖了搖頭道：「你誤會了，我們是同事，他叫沈忘憂。」

沈忘憂也跟著笑了起來，不過他看羅佳琪的目光分明帶著掩飾不住的愛意。

羅獵道：「沈先生是牧師還是神父？」

沈忘憂被羅獵問得一愣，羅佳琪自然明白羅獵這樣說的用意，她笑道：「都不是。」

沈忘憂道：「看來你們早就認識。」

羅獵點了點頭道：「早就認識，其實對沈先生我也聞名已久。」

沈忘憂笑道：「我哪有什麼名氣。」在他聽來羅獵只是在跟自己客氣。他又怎麼知道，其實羅獵所說的都是實話，他們三人之間其實是一家。羅獵望著自己年輕時的父母，內心中蕩漾著一股暖流，他從小心中最大的希望就是能夠和父母在一起，一家人和和美美坐在一起，像別的普通家庭一樣團團圓圓，只是他想不到他們的重聚竟然會以這樣的方式，在這樣的時代。

雖然面對著父母，他卻無法吐露實情，命運對自己還算是有些溫情。

艾迪安娜從人群中走了過來，她向羅獵道：「羅先生，我帶您去見一個人。」

羅獵已經猜到去見的這個人是誰，龍天心沒有出現在晚宴的現場，她在雲頂酒店的總裁辦公室內，通過監控大螢幕觀望著酒會現場的情景。艾迪安娜將羅獵帶到了這裡，然後馬上離開。

龍天心身穿紅色長裙，風情萬種，美麗妖嬈，然而在羅獵的眼中，這美麗的外表是屬於顏天心的，這美麗軀殼包裹著的是如毒蛇般惡毒的靈魂。

龍天心道：「如果我在請柬上寫明我是幕後的主人，你會不會來？」

羅獵點了點頭道：「會來。」

龍天心笑道：「你不恨我？」

羅獵道：「對你這樣的人，我不會浪費自己的感情。」

龍天心幽然歎了口氣道：「還是恨我，所以即便是我有苦衷，你也不會相信對不對？」

羅獵打量著龍天心：「你大可單獨見我，沒必要搞那麼大的場面。」

龍天心道：「我這樣的女人做任何事都經過深思熟慮，我怎會做毫無意義的事情？」她去倒了杯酒，送到羅獵的面前。

羅獵接過那杯酒，卻沒有喝。

龍天心道：「你怕我下毒啊？如果我想殺你，不會用這種野蠻的方式，如果我殺掉他！」她指向大螢幕，螢幕放大了酒會現場的局部，出現了沈忘憂的面孔。

「或者她！」螢幕上又出現了羅佳琪的身影。

「又或者我將他們全都殺死，你猜自己會怎麼樣？」

羅獵的表情如古井不波，可是他的內心卻難免波動起來，龍天心曾經入侵過自己的腦域，她應當是這個世界上最瞭解自己秘密的人。殺死自己的父母，或者殺死他們其中的一個，那麼自己就失去了存在的基礎。

龍天心道：「他們還不知道你的身分吧？」

羅獵道：「你又想做什麼？」在他看來龍天心拋出這記殺手鐧，必然有她不可告人的目的。

龍天心道：「我想救你。」

第四章

時光機

羅獵想到了紫府玉匣，紫府玉匣可以吸收能量，
如果紫府玉匣吸收了足夠的能量，
在短時間內釋放出來，或許就足夠維繫時光機的運轉，
也可以將他們送回原來的時代。

羅獵充滿懷疑地望著她，龍天心不害自己已經求之不得，他可沒指望龍天心會救自己。

龍天心道：「你知不知道九鼎真正的秘密？你把它設想成一個時光之輪，順時針轉動，你就會穿越到未來，逆時針轉動，就會回到過去，所以無論你做出怎樣的選擇都會改變。」

羅獵回想起當初風九青跟自己說過的話，風九青曾經說過逆時針轉動是打開星空之門，她和龍天心的說法究竟哪一個才是正確的？

龍天心道：「你始終認為我在害你，可是你同樣害了我。如果不是因為你自作聰明的舉動，我和你都不會來到這個時代。」

羅獵皺了皺眉頭，他不明白龍天心因何會這樣說。

龍天心道：「在幻境島你重創了我，我並不是那時來到這裡。」

羅獵心中暗忖，如果龍天心沒有說謊，那麼她應當是和自己一起通過時空之門來到了如今的時代，難道她就是風九青？羅獵道：「你是風九青？」

龍天心道：「一個人的腦域如同一個房間，可以存在一種意識，也可能存在多種意識，顏天心的肉身其實在幻境島就已經毀去，失去肉身的意識不可能長時間存在於自然的環境下，所以我必須要儘快找到一個新的軀殼。」

羅獵道：「於是你選中了風九青？」

龍天心道：「應該是藤野晴子才對，我的意識非常強大，即便是優秀如顏天心也無法承受，風九青是一個吞噬者，她的肉身足夠強悍，我本以為找到了合適的身體，可是我並沒有想到風九青的腦域還殘存著一個人的意識。」

羅獵暗自吸了一口冷氣，他已經猜到龍天心說的是誰。

龍天心點了點頭道：「不錯，那個人就是你的母親，她的意識力並不算強，但是已經給風九青造成了不小的影響，多年以來藤野晴子和她的意識都在爭奪著這個腦域空間，我的意識進入這片腦域之後，輕易就取得了勝利，可是……」她停頓了一下，表情充滿了失落：「我很快就發現，和進入顏天心的腦域一樣，即便是本體的意識被破碎，我仍然難免會受到影響。」

羅獵暗想，這就是龍玉公主不經意中會表現出對自己愛意的原因，也就是說她在成為風九青之後，她的意識受到了藤野晴子和母親的影響。

龍天心道：「我受夠了他們的影響，你不是我，你不瞭解這樣的痛苦，有時候我會同時感受到她們的痛苦，有時候這些痛苦會輪番而來，一波未平一波又起，那種感覺簡直是生不如死！」她大聲尖叫道。

羅獵道：「所以你才想回到過去，找回真正屬於你自己的軀體！」

龍天心點了點頭道：「風九青的肉體不夠強大，根本無法獨自完成啟動時空之門的任務，所以我想到了你，也只有你能夠幫我完成這件事。」她將杯中酒一口喝完了，又倒上了一杯：「可是你辜負了我！」

羅獵道：「你想找回自己就要以毀滅世界為代價嗎？」

龍天心道：「本來你難以得逞，可是我忽略了腦域中存在的另外的意識。」

羅獵道：「她們阻止了你，所以你才會自殺！」

龍天心點了點頭：「毀滅風九青的肉體，所有的意識同時得到了釋放，我也就真正得到了解脫，我本想回到過去，卻被你一手啟動的時空之門帶到了未來。」

羅獵道：「有件事我並不明白，為什麼我們同樣穿越時空之門，而我卻比你來得要晚那麼多年？」

龍天心道：「身體是個累贅，和你相比，我的負擔要輕得多。」

羅獵道：「可是你的外貌為何……」

龍天心道：「現代的科技可以做到很多事。」她將酒杯放下：「其實我從來到這個時代之後一直都在找你，花費了好長的時間，始終沒有你的下落，我也就漸漸喪失了信心，我本以為自己能夠在這個時代生存下去，可隨著年齡的增長，我發現仍然無法解決過去的問題。」

羅獵道：「不是你的始終不是你的。」

龍天心點了點頭，她輕聲歎了口氣道：「最瞭解我的那個人其實始終是你啊。」她盯住羅獵的雙目，一字一句道：「我的生命只剩下不到三年，所以我必須要回去。」

羅獵直視龍天心的雙眸，眼前的女人是少數他看不透的人物之一，龍天心的意識強大得可怕。

龍天心道：「我創辦獵風科技，做了那麼多無法用好壞來評論的事情，歸根結底都是在為回去做準備。」

她指了指螢幕上賓客如雲的酒會現場：「我的計畫需要巨額的財力作為支撐，如果我不那麼做，根本無法研製出穿越時空的機器。」

羅獵內心一動，如此說來龍天心已經研製出了時光機？

龍天心道：「九鼎已經徹底損壞，殘骸被我找到，但是沒可能再次使用了，所以我不得不耗費鉅資研製出了新的時光機。」

前方螢幕上出現了一台形如摩天輪的古怪機器。

龍天心道：「利用這台時光機，理論上我們可以返回過去的任何一個時間段。」

羅獵道：「你已經成功了？」

龍天心道：「我必須最大限度修復歷史，讓歷史沿著原有的軌跡行進。」

羅獵道：「我不明白你的意思。」

龍天心道：「其實你的出現對我來說算不上驚喜，你根本不屬於這個時代，你的死活並不重要，咱們換一個說法，你的父母還未結婚，你卻已經那麼大，在邏輯上是說不通的，也就是說，你的存在本身就是一個巨大的BUG。」

羅獵沒有反駁，可是在他看來龍天心和自己一樣。

龍天心道：「你可能會怪我狠心，在伏魔島將你們抛下，甚至不惜將你炸死，可你現在的生死對二十世紀初的你沒有任何的影響，你明白嗎？就算是你死，對那個時代來說也只是在糾正發生在未來的一個錯誤。只要你的父母活著，你在過去時代的存在仍然合理。」

羅獵道：「我可不可以這麼理解，你所在乎的只是過去那個我的死活？」

龍天心點了點頭道：「所以我才會費盡辛苦找到你的父母，我不但自己要回去，還必須要將他們帶回去，也只有這樣，才能保證你存在的合理性，才能保證你不會從過去的歷史中消失。」

羅獵並沒有覺得龍天心在說一件荒誕不經的事情，他過去一直認為自己的存在並不合理，他不應當屬於那個年代，可是當他來到未來，方才發現，過去才是真正屬於自己的地方，父母決定著自己存在的合理性，如果父母沒有穿越到過去，那麼自己的存在就變得不再合理。

龍天心道：「利用這台時光機，我會幫助你的父母回到過去，然後你我再回到屬於我們的時間點。」

羅獵道：「什麼時間？」

龍天心道：「你啟動九鼎時，錯誤是你一手造成，所以你必須親手糾正。」

羅獵道：「讓我將你送回過去？」

龍天心點了點頭：「對你和我來說這都是唯一的機會。」

羅獵在沙發上坐下，抿了一口杯中的紅酒道：「時光機已經成功了？」

龍天心道：「理論上沒有任何的問題，可是還缺乏可靠的能源，我做過許多的試驗，可是通過計算，無法支持這麼久的時光旅行，向後的時間越久，我們需要的能量就越大，目前我只能利用時光機返回二十年以內的時間點，如果時間再長就無法支持了。」

羅獵想到了紫府玉匣，紫府玉匣可以吸收能量，如果紫府玉匣吸收了足夠的能量，在短時間內釋放出來，或許就足夠維繫時光機的運轉，也可以將他們送回原來的時代。

龍天心道：「能源的事相信可以解決，我現在需要的是你的諒解和支持。」

羅獵道：「幫我救一個人！」

龍天心咬了咬嘴唇，然後小聲道：「林格妮？」

羅獵點了點頭。

龍天心道：「我做不到。」

羅獵起身準備離去。

龍天心道：「除非利用時光機回到過去，在明華陽拿她做人體實驗之前救出她，不過……」她停頓了一下又道：「如果那樣做，我們就改變了現在的歷史，不知會給這個世界造成怎樣的後果，也許……後果不可估量。」

羅獵道：「我會考慮。」

龍天心道：「救一個人之前，是不是應該先徵求一下她自己的意見？」

羅獵決定原原本本地向林格妮說明一切，她有知情權，且在這件事上羅獵並沒有相信龍天心，畢竟龍天心過去的所作所為已讓他喪失了對她最基本的信任。

林格妮聽他說完，沒有表現出任何的情緒變化，她輕聲道：「你相信她？」

羅獵實事求是道：「將信將疑吧。」

林格妮道：「就算她說的全都是真的，我也不會答應。」

羅獵有些詫異地望著林格妮，林格妮道：「我不會讓她以此作為要脅，我已經活過一次了，這一生或許短暫，或許坎坷，可是我從未有過後悔的想法，更不想重來，我的人生唯有我自己才能決定不是嗎？」

羅獵道：「可是……」

林格妮道：「每個人都應該擁有自己的時代，回到過去，改變人生，哪怕是能夠長命百歲，對我而言又有什麼意義？」對於生死，林格妮早已看淡，在羅獵出現之前，她最大的心願就是找到明華陽為父母報仇，如今雖然無法確認明華陽死亡，可是天蠍會的研發基地已經被摧毀，天蠍會遭遇這次重創，崛起的可能已經不復存在。

且不說返回過去重塑自己人生的可能性只存在於理論上，就算能夠成功，她的人生重塑之後，她將變成一個完全陌生的自己，或許她和羅獵將不再相逢，她的人生再沒有這個名字，對林格妮而言，這樣的人生又有什麼意義？

短暫並不是人生最大的遺憾，庸碌和平淡才是，人只要活過愛過來過，哪怕生命如煙花一般短暫，可只要能有盡情綻放美麗的那一刻，對她而言就已經足夠，更何況她擁有的並非是短暫的一刻。

羅獵其實明白林格妮心中所想，他之所以沒有當場答應龍天心的條件，就是因為他知道林格妮不會同意。

林格妮握住他的手，溫柔地望著他道：「你不用考慮我，生死有命富貴在天，我過去只想有尊嚴的死去，現在我多了一份奢望，希望我離開這個世界的時候，你能夠陪在我身邊，我知道這樣的想法對你有些殘忍。」她歎了口氣道：「其實也許你等不到那個時候就要走了。」

羅獵微笑道：「不會！」

林格妮道：「是我多想了，其實是我等不到那個時候。」她的內心難免有些難過，沒有人比她更清楚自己的狀況，她的生命應該時日無多了，任何人都無法改變，她也不想改變，順其自然吧，希望當自己離開這個世界的時候，羅獵還沒有離開，自己若是死了，他在這個時空中就再無牽掛了。

羅獵決定和龍天心合作，沒有任何條件的前提下，龍天心對此並沒有感到意外，她早就預料到了，雖然她和林格妮不熟，可是她一開始就認為林格妮不會接受自己的幫助。

在能源問題沒有得到徹底解決之前，龍天心的時空機目前還無法實現她的計畫，她和羅獵約定一個月後，在甘邊相見。

羅獵從龍天心的話中推測出她的時光機可能就位於那片區域。

林格妮最近的身體狀況不是太好，這段時間除了陪她去醫院檢查之外，他們多半時間都待在麻博軒的這套舊宅之中。兩人深居簡出，羅獵閒暇的時候就翻看一下書房內的書籍，從中他發現了一本筆記，這本筆記他過去曾經見過，說起來還是在麻雀請他們前往蒼白山探險的時候隨身攜帶的，這本筆記上記錄著麻博軒探險的經歷，還繪製了不少他途中所見的速寫畫像。

睹物思人，倍感傷懷，昔日的朋友如今全都離去，只剩下自己一個人在這陌生的時代。

林格妮的身體也每況愈下，她現在只是進行一些對症治療，疼痛的發作也變得越來越頻繁。

羅獵翻開筆記，看到血狼的畫像，想起麻博軒，想起了過往的一切，再聯想起現在，發生的事情似乎存在著一個循環，在筆記的尾頁上用夏文寫著四個字——因果循環。

羅獵認為這四個字並沒有寫完，後面還應該有報應不爽這四個字，麻博軒臨終之前應該有所覺悟。可是以一個過來人的觀點重新看待這段歷史，無論麻博軒幾人是否深入到九幽秘境之中，異能者的出現都無法阻擋。畢竟早在他們之前，連雲寨就出現了多名異能者，記得連雲寨將這種異能者稱之為黑煞附體。

可為何連雲寨在漫長的歷史中都可以將異能者的危害減少到最低，而在連雲寨覆滅之後，異能者的出現才變得層出不窮，不斷擴展呢？難道是因為日方的緣故？這其中有著太多讓羅獵感到不解的地方。

林格妮敲了敲窗，羅獵抬頭看到她不由得笑了起來，他來到門外：「今天裝扮得那麼休閒？」

林格妮穿著黑色的運動衣，絲緞般的秀髮如瀑布般披在肩頭，越發映襯得肌膚勝雪，嬌豔可人，她皺了皺鼻翼道：「聽你的語氣有些嫌棄我的意思。」

羅獵笑道：「老婆大人，我哪兒敢呢。」

林格妮挽住他的手臂道：「陪我出去走走。」

羅獵點了點頭，兩人鎖了門，選擇騎車出行，在林格妮身體允許的狀況下，羅獵都會陪她騎著單車穿行在京城的大街小巷，林格妮喜歡這種接地氣的生活，他們就像普普通通的情侶一樣，穿行在人潮人海中，不會引起別人的注意。

只有經過大起大落的人才能真正體會到平淡生活的可貴。

從林格妮的身上看不到任何消沉的情緒，她甚至比起過去還要活潑開朗，和羅獵並肩騎行著，兩人不停交談著，說到開心的地方林格妮會發出一串銀鈴般的笑聲。

羅獵看到她額頭上已經滲出了細密的汗水，提議在前面休息一下，兩人停好車，羅獵讓林格妮原地歇著，自己去馬路對面的小超市去買水，買水的時候，忽然感覺一旁的大樹有些熟悉，自己好像過去曾經來過這裡。

他向超市的店員打聽了一下，方才知道這裡過去是火神廟。

火神廟正是他當年最早遇到吳傑的地方，羅獵拿著水回到林格妮的身邊，他指了指不遠處樹林中道：「過去林子裡有座火神廟，火神廟旁邊有個回春堂，我就是在這裡認識吳傑吳先生的。」

林格妮笑道：「你來這裡找吳先生是為了看病嗎？」

羅獵道：「我那時候深受失眠症的困擾，有朋友介紹我來這裡看病。」

林格妮沒想到居然被自己說中了，她小聲道：「這位吳先生的醫術是不是很厲害？」

羅獵道：「他是我遇到的人中最神秘的一位。」

林格妮點了點頭，她喝了口水，能夠從清末民初一直活到如今，而且樣貌上基本沒有任何的變化，在這一點上吳傑和自然老去的麻雀不同，吳傑的身體構造上必有與眾不同的地方。

羅獵道：「吳先生是一位獵魔人，在我認識他時就以消滅黑煞為己任。」

林格妮道：「咱們去林子裡看看火神廟還在不在？」

羅獵搖了搖頭，經過了那麼多年，火神廟早就在破四舊中毀去了，可既然已經來到了這裡，羅獵也興起了尋古探幽的心思，牽著林格妮的柔荑，兩人走入前方樹林之中。

林中古木參天，這些樹並未在百餘年的歲月中毀去，兩隻碩大的烏鴉蹲在樹梢之上，警惕地望著進入林中的這對男女。

原來火神廟的地方只剩下了一個土堆，至於回春堂更找不到半點的痕跡，羅獵感歎歲月無情，來到土丘之上，看到在不遠處的樹墩上坐著一個瘦削的身影，那人雖然沒有轉身，可羅獵和林格妮卻同時認出他就是吳傑。

林格妮朝羅獵看了一眼，鬆開他的手，努了努嘴，示意羅獵一個人過去，她和吳傑接觸不多，可也知道吳傑性情古怪，不喜和陌生人打交道。

羅獵點了點頭，獨自一人來到吳傑的身後，恭敬道：「先生別來無恙？」

吳傑仍然靜靜坐在那裡一動不動，似乎沒聽到羅獵的話，又似乎羅獵的出現早已在他的預料之中，沒有表現出任何的驚奇和意外。側柏枝頭的兩隻烏鴉突然叫了兩聲，振翅飛向了遠方。

吳傑道：「過了這麼多年，回到這裡，好像一切都沒有改變過。」

羅獵道：「只可惜這世上能像先生這樣堅守本心的人已經不多了。」

吳傑道：「我已認命，你卻不同。」

羅獵道：「先生那天不辭而別，我還以為慢待了先生，讓先生不高興。」

吳傑道：「在伏魔島上，我明知你深陷死地卻不聞不問，你會不會因此而記恨我？」

羅獵這才知道原來那天吳傑也去了伏魔島，其實羅獵早已猜到當天吳傑離開聖約翰島一定是在龍天心的幫助下，可如果吳傑不說其中的緣由，他是不會主動問的。

羅獵搖了搖頭。

吳傑道：「你不恨我？」

羅獵道：「先生救我是人情，不救我是本分，我沒資格要求先生什麼。」

吳傑道：「可你在那艘亡靈船上救了我，說起來我還是欠了你一個人情。」

羅獵道：「我欠先生的更多，更何況先生的本心未必想讓我救，我現在時常會想，如果那天我沒有喚醒先生，先生會永遠得到寧靜，也不會受到世事繁雜的困擾。」

吳傑道：「記不記得我曾經告訴過你，我是一個獵魔者？」

羅獵點了點頭：「記得！」

吳傑道：「我的存在就是為了殺戮，只不過湊巧站在了所謂正義的一邊，可無論出發點怎樣都改變不了殺戮的事實。」他停頓了一下道：「我也曾經想要改變命運，可是每當我動這個念頭的時候，我就會受到加倍的詛咒，我的命運會變得更差，我的遭遇會變得更加淒慘，我時常在想，像我這樣的人，死去要比活著快樂得多。」

羅獵道：「先生心中沒有牽掛的事情嗎？」

「有過，可現在已經徹底絕望。」吳傑空洞的眼眶中只有陰影，他的內心同樣見不到陽光。

羅獵道：「先生是不是答應了龍天心什麼？」

吳傑搖搖頭道：「我不和任何人談條件，她幫我找到黑煞，我負責殺人。」

羅獵道：「明華陽是不是已經死了？」

吳傑沒有回答。

羅獵道：「先生有沒有想過一切的根源是什麼？」

吳傑道：「我不是一個好的醫者，所以我只會對症，無法除根。」他雙手拄著竹杖道：「我本以為再也見不到你了，想不到你的命居然這麼硬。」

羅獵道：「我原本就不屬於這個時代。」

吳傑道：「你還是要回去的。」

羅獵道：「我還是我，我不如先生灑脫，可能永遠也做不到忘我的境界。」

吳傑道：「因為我缺少你的膽量，所以只能選擇逃避。」

羅獵道：「你應該知道龍天心是誰。」

吳傑點了點頭。

羅獵道：「她有辦法找到回去的路。」

吳傑的唇角浮現出一絲苦澀的笑意，回去的路？過去對他而言已經太過久遠，他是一步一步走到了今天，這漫長而孤獨的路途他甚至不願回首，他和羅獵，和龍玉公主完全不同。

吳傑道：「於我無關。」

羅獵道：「有件事我還沒來得及告訴先生，紫府玉匣好像開始恢復活力。」

吳傑聽到這個消息表情依舊木然，他低聲道：「這個世界上，凡事都講究緣分和造化，我和那東西註定無緣。」他站起身準備離去。

羅獵道：「先生，我有個不情之請。」

吳傑停下腳步道：「你想求我幫忙為林格妮治病？」

羅獵還未說出口，吳傑就已經從他的意念波動感知到了他心中的想法，羅獵暗暗心驚，吳傑的意識力之強大遠遠超過了自己的認識，看來一直以來他還是有所保留。

吳傑道：「你終究是要回去的，治好了她，讓她一個人留在這個世界上終日以淚洗面，飽嘗相思之苦嗎？」

羅獵被他問得啞口無言。

吳傑道：「更何況我也救不了她，明華陽比我想像中要強大。」他手中的竹杖在地上頓了頓，走了兩步再次停下腳步道：「你有沒有想過，龍玉最想利用你什麼？」

羅獵沒有說話，他的心情卻變得前所未有的沉重，眼看著吳傑一步步走出了樹林，直到再也看不見，羅獵方才搖了搖頭。

羅獵和林格妮回到老宅的時候，發現沈忘憂在門外等著，對年輕時的父親，羅獵還是非常的客氣，他看出沈忘憂有事找自己，所以將他請到了家中。

沈忘憂在客廳坐下，環視了一下周圍的佈局，目光被周圍的書架所吸引，他向羅獵笑了笑道：「我記得這裡是考古學家麻先生的故居。」他口中的麻先生就是麻雀。

羅獵點了點頭道：「是啊，我和老太太是世交，所以她將這套宅院送給了我。」

沈忘憂道：「麻先生的這些藏書都是無價之寶。」

羅獵微笑道：「沈先生這次來是……」

沈忘憂從袋內取出了兩份報告，遞給了羅獵。

羅獵接過來看了看，這兩份報告卻是基因鑒定的結果，上面並未署名，不過從報告上來看，這兩份基因的主人應當擁有直系親屬關係，羅獵心中一震，沈忘憂該不是拿著他們兩人的基因做了檢測吧？

沈忘憂道：「這兩份樣本一份是你的，還有一份是……」他停頓了一下。

羅獵頭一次沉不住氣了，他偏偏在這個時候賣關子，如果另外一份樣本當真是屬於沈忘憂的，那麼這事兒恐怕就麻煩了，自己該如何應對？難不成要告訴父親，自己是他的親生兒子，而且這個兒子還來自於清末民初，也許只能用他們兩人是失散多年的親兄弟來解釋了。

沈忘憂道：「還有一份是羅佳宜的。」

羅獵暗自鬆了口氣，還好父親沒有把他的樣本也拿來比較，如果讓他發現了他們三人之間的關係，恐怕就很難解釋清楚了。

沈忘憂道：「你和羅佳宜早就認識吧？」

羅獵道：「我不明白沈先生的意思，隨便拿出兩份樣本就能證明什麼？你能夠確定這是我的樣本？」

沈忘憂道：「羅先生如果不肯說出實情，咱們也就沒有談下去的必要了。」他起身準備告辭。

羅獵看出他是欲擒故縱，微笑道：「沈先生請便！恕不遠送了。」

沈忘憂聽到他下了逐客令，反倒沒有馬上就走，望著羅獵道：「據我所知，羅夫人好像身體抱恙吧？」

羅獵頓時警惕了起來，父親此番前來動機並不單純，一直以來他都對年輕時的父母抱有與生俱來的親情，甚至缺少了應有的警惕和戒心，父母與龍天心是合作關係，而父親這次前來龍天心是否知道？

羅獵道：「沈先生有什麼話不妨明說。」

光。

沈忘憂道：「不知羅先生有沒有找到治好她的辦法？」

羅獵望著沈忘憂的雙目，沈忘憂表現得非常警惕，他馬上躲閃著羅獵的目光。

羅獵意識到他對自己應當是非常瞭解的，甚至包括林格妮的狀況他也應當是瞭解的，羅獵道：「艾迪安娜！」

沈忘憂呵呵笑了起來，他歎了口氣，已經變成了女人的聲音，不過他的相貌並沒有變化，仍然保持著沈忘憂的樣子。

羅獵心中暗自捏了一把冷汗，自己險些被她騙過，艾迪安娜模擬他人的本領已經到了爐火純青的地步，如果不是因為自己對父親擁有信心，察覺到他的表現並不符合一貫的性格，很可能就被艾迪安娜蒙混過去。

艾迪安娜既然被羅獵識破了行藏，索性重新坐了下去，端起剛才自己的那杯茶慢條斯理地抿了一口。

羅獵道：「如果龍天心知道你來找我，恐怕不會輕易放過你吧？」

艾迪安娜嬌滴滴道：「你會出賣我嗎？」

羅獵望著她仍然偽裝成父親的樣子，說話時候卻搔首弄姿，不由得皺了皺眉頭，此女簡直是對父親的褻瀆，他冷冷道：「我跟你好像沒什麼交情。」

「我的死活你當然不會在乎，可林格妮的死活你卻不能坐視不理。」艾迪安娜有恃無恐道，她向後靠了靠，就在羅獵的面前恢復了本來的容貌。她的目光落在那兩份樣本上：「如果龍天心知道你和羅佳宜是兄妹關係，你覺得她會怎麼做？」

羅獵心中一怔，這才明白艾迪安娜並沒有猜到他們之間真正的關係，現在明顯是猜錯了方向，其實艾迪安娜也是智慧出眾之人，可她對自己的智慧太有信心，甚至認為自己不弱於龍天心和羅獵，認為她可以通過自己的手腕掌控局勢，正是這種自信讓她犯下了錯誤。

羅獵將計就計地歎了口氣道：「原來你早已發現了。」

艾迪安娜道：「這個世界上沒有誰是傻子。」她向前欠了欠身道：「現在我們可以好好談一談了。」

羅獵道：「你當真能夠治好我妻子的病？」

艾迪安娜道：「我不能，可是明華陽能！」

羅獵內心劇震，從她的話中不難推測明華陽仍然活在這個世界上，原來龍天心並沒有殺他，難怪吳傑沒有回答自己的問題。

羅獵道：「你要對付龍天心？」

艾迪安娜道：「我不殺她，她就會殺我。」

羅獵道：「她對你好像一直都很不錯。」

艾迪安娜道：「我不是恩將仇報之人，可龍天心正在密謀將所有的異能者全都清除掉。」

羅獵道：「這並不意味著她會對付你。」

艾迪安娜咬了咬嘴唇，終於道：「潛入基地的那個人是我，盜走秘密檔案的人也是我，我對她已經沒有了價值，她早晚都會殺掉我，龍天心是吞噬者。」

羅獵不由得想起了風九青，原本忠於她的手下全都倒戈相向，風九青最後處於眾叛親離的狀況下，難道冥冥中註定命運輪迴，如今的龍天心再次遭遇背叛。

羅獵道：「為什麼找到我？」

艾迪安娜道：「她相信你，我要搞清楚她正在做什麼。」

羅獵道：「如果我說對你的事情沒有興趣呢？」

艾迪安娜道：「你可以不在乎林格妮，難道你也不在乎羅佳宜的性命？」

羅獵望著艾迪安娜：「你這話什麼意思？」

艾迪安娜道：「無論你加不加入我們的行動，龍天心都逃脫不了死亡的命運，她的存在已危及到許多人的安全。有件事恐怕你還不知道，北美方面雖然答應跟她合作，可背後卻將她視為極大的威脅，甚至比起明華陽的威脅還大。」

羅獵從她的這番話中捕捉到了一些蛛絲馬跡，他低聲道：「看來你已經獲得了不少的支持。」

艾迪安娜點了點頭道：「你幫我做成這件事，我幫你從明華陽那裡得到救治你妻子的辦法。」

羅獵道：「我需要時間考慮。」

艾迪安娜道：「有的是時間，反正距離你們的見面之日還早。」

沒有永遠的敵人，只有共同的利益，羅獵忽然意識到這個道理適用於任何的時代，艾迪安娜的來訪讓他感到警覺，龍天心興許還沒有意識到危機的到來，這是一張針對龍天心的大網，確切地說可能不僅僅針對龍天心。

他們這些所謂的異能者存在於人類社會中本身就會被視為一個巨人的威脅，北美方面應該和艾迪安娜達成了協議，而在剷除龍天心之後呢？

基地已經修整一新，陸劍揚坐在他的辦公室內，雖然已經為他準備了更大的一間，可陸劍揚仍然是個念舊的人，他不想搬離這裡，決定仍然留在這裡，一直工作到退休為止。

沈鵬飛準時前來拜訪，恭敬道：「陸主任，找我是不是有任務？」

陸劍揚笑道：「你來得正好，跟我走一趟。」他起身帶著沈鵬飛出門，兩人經由電梯進入了秘密檔案庫，這裡屬於基地的核心區域，只有少數擁有授權的人才能進入，沈鵬飛對這裡存在著一定的心理陰影，主要是源於他的父親，父親就是因為疏於防範，而讓敵人潛入了這裡，最終造成了失職，父親也因此選擇從基地的領導位置上退了下去，可是父親在離職的當晚就神秘失蹤了，因為父親的特殊身分，所以這件事並未對外宣佈，關於父親的下落始終在秘密調查之中。

陸劍揚帶他前來難道是要給他一次警示？又或是和父親的失蹤有關？沈鵬飛在秘密檔案庫的保險門前停住：「主任，我的級別……」他是想說自己的級別還沒有資格進入這裡。

陸劍揚道：「我已經給你授權。」他打開了保險門。

沈鵬飛只好跟他走了進去，感應到有人進入，裡面的燈光依次亮起。接連通過三道保險門之後，陸劍揚在一個圓形的玻璃真空櫃前方停下了腳步，真空櫃內陳列著一本泛黃的羊皮卷。

沈鵬飛看到那冊羊皮卷，已經抑制不住內心的驚奇：「黑煞檔案？」他記得黑煞檔案已經丟失了，不知為何又出現在了這裡。

陸劍揚點了點頭道：「有人將它物歸原主。」

沈鵬飛道：「龍天心？」

陸劍揚搖了搖頭，帶著陸劍揚來到了一旁的螢幕前，打開螢幕，螢幕上出現了數百張照片，他將其中的一張放大，向沈鵬飛道：「這個女人叫艾迪安娜，她是龍天心的得力幹將之一，她擁有的異能是模仿他人的相貌，當初進入基地盜走黑煞檔案的人就是她。」

沈鵬飛道：「她是異能者？為何要背叛龍天心？」

陸劍揚道：「確切地說不叫背叛，因為她一直都在為北美方面工作，這份丟失的黑煞檔案被送到了北美方面，他們的政府感覺到此事非同小可，出於大局考慮，又讓她將這份檔案還了回來。」

沈鵬飛道：「據我所知，龍天心現在合作的對象正是北美方面。」

陸劍揚點了點頭道：「在你看來，龍天心和明華陽誰的威脅更大？」

沈鵬飛認真地考慮了一會兒，方才回答道：「龍天心！」

陸劍揚道：「你的答案代表了多數人的想法，龍天心合作的目的還是利用，其實她這些年積累了巨額的財富，真實的財富早已應該排在世界首位，她賺取那麼多的錢，目的又是為了什麼？」

沈鵬飛沒有回答，因為他的確不知道。

陸劍揚道：「我們已掌握了一些證據，龍天心想要重整這個世界的格局。」

沈鵬飛道：「她未必做得到。」

陸劍揚道：「她是個專注且瘋狂的女人，她的財富和智慧都遠超明華陽，她可能帶來的威脅更大。從明華陽的事件已經給這個世界一個明確的啟示，如果我們想要繼續生存下去，就必須徹底清除這些異能者，可惜的是，目前在這一點上各國所秉持的態度並不一致，無法達成共識。」

沈鵬飛道：「需要我做什麼？」

陸劍揚切換了畫面，畫面上出現了一個男子的正面像，他指著畫像上的男子道：「他叫沈忘憂，是龍天心團隊中的一個，目前被我們抓獲，我需要你偽裝成他的樣子打入龍天心的內部，搞清龍天心正在進行的計畫。」

沈鵬飛道：「冒充他？」

陸劍揚道：「不是冒充，我們會利用生物技術對你的外貌進行徹底的改造，就算是最親近的人也無法將你認出。這次的任務關係重大，我必須要徵求你本人的意見，如果你不同意，我也絕不會勉強。」

沈鵬飛毫不猶豫道：「我答應！」

陸劍揚道：「還有，在你的這次行動中可能會遇到羅獵和林格妮，我希望你明白自己的職責，忘記原來的自己。」

沈鵬飛立正之後向陸劍揚敬了一個軍禮。

陸劍揚語重心長道：「這次的行動關係到人類的生死存亡，如果不能剷除這些異能者，人類將會陷入一場無法預知的空前危機之中。」

第五章

如果再次選擇

羅獵輕輕拍了拍她的香肩道：「睡吧！」
林格妮嗯了一聲，趴在他懷中睡去。
羅獵卻在回憶著過去經歷的一切，
如果再給他一次選擇的機會，
在九鼎啟動的時候，他應當做出怎樣的選擇？

麻國明和陸劍揚約好了一起來祭掃，陸劍揚卻比約定時間晚了整整半個小時，陸劍揚來到的時候連連道歉，麻國明搖了搖頭道：「別跟我說，跟老太太說。」

陸劍揚將帶來的那束花放在老太太的墓碑前，望著老太太慈祥的笑臉，心中突然感到一陣愧疚，他想起了老太太臨終時的那番話，老太太生前最大的願望就是讓自己要照顧羅獵，可現實卻不允許他這樣做。

麻國明已經先行走向停車場，陸劍揚在墓碑前蹲了下去，望著老太太道：「奶奶，我可能要辜負您了。不是我不想幫他，而是我必須要修復已經發生的錯誤。如果我不這樣做，可能會影響到這個世界……」

麻雀的遺像仍然帶著慈和的微笑，陸劍揚卻不敢直視她的眼神了。

陸劍揚來到停車場，麻國明靠在車上，雙手插在衣兜裡望著他。

陸劍揚道：「幹嘛這麼看著我？」

麻國明道：「我和女兒談過了，她答應我調離你的部門。」

陸劍揚愣了一下，麻燕兒還沒有對自己說，他苦笑道：「是不是我什麼地方做得不好？我這未來的兒媳婦對我有成見？」

麻國明道：「就因為要成為你的兒媳婦，所以她才不想別人說你對她特殊照顧，而且她也不適合你們的那種工作。」

陸劍揚點了點頭道：「也好！」

麻國明又道：「你兒子，我未來女婿是不是能退伍？」

陸劍揚道：「這你不該問我，兒大不由爹，我做不了他的主。」

麻國明道：「你都說兒大不由爹，我這個當岳父的話他更不會聽，我老了，總不能連個接班人都沒有。」

陸劍揚笑道：「都什麼時代了，你還想用老一套管理？儘管放手交給有能力的年輕人去做，我那個兒子我清楚，他根本不是做生意的料。」

麻國明道：「我的確老了，對了，你有沒有聽說，獵風科技在北美重新上市了，此前我不是聽說龍天心有問題，怎麼這麼快她就已經洗白了？」

陸劍揚道：「現在任何事都得要證據，既然她能夠重新上市，就證明她沒有太多的問題，商業的事情我也不懂。」

此時雪獒從遠處慢吞吞走了過來，陸劍揚有段日子沒有見到這頭雪獒了，只是這次再見雪獒，發現牠不但步幅遲緩，而且毛髮脫落嚴重，陸劍揚道：「你怎麼把雪獒養成這個樣子？」

麻國明歎了口氣道：「我專門雇了兩個人照料，還給牠請了專職醫生，可什麼病都好治，唯有衰老是無法治癒的，牠老了，而且衰老的速度非常驚人，為了牠，我請了國內最好的獸醫，根據他們的判斷，這頭雪獒壽命不會超過三個月。」

陸劍揚明白了，這頭雪獒是和羅獵一起穿越時空來到現在的生物，想不到雪獒居然這麼快就出現了老態，不知羅獵的身體是否也發生了變化？

麻國明道：「我最近祭拜的時候都帶牠過來，牠對老太太還是很有感情的，我在想，等牠老了，我就把牠葬在老太太身邊。」

陸劍揚本想提出將雪獒帶回基地，可轉念一想，讓牠自然老去對牠來說未嘗不是一個更好的結局。如果在接下來的行動中清除了所有的異能者，那麼他們也不可能唯獨放過這頭雪獒。

秋日的甘邊很美，羅獵和林格妮駕駛著白色越野車行駛在延綿起伏的沙漠之中，羅獵回憶著當年那場幾乎讓他失去生命的天廟之戰，也是在那場戰鬥中他失去了顏天心。

他的生命經歷了太多的失去，而現在林格妮又將離開自己。

林格妮的身體一天天變得虛弱，疼痛的發作從過去的幾天一次變成了每天一次，現在已經每天三次以上，若非她擁有著強大的意志，若非她的身邊還有羅獵，她早已選擇放棄。

林格妮裹著白色紗巾，螓首靠在羅獵的肩頭，透過墨鏡望著瀚海的美景，柔聲道：「這裡就是天廟嗎？」

羅獵將越野車停了下來，下車之後，繞到另外一側打開了車門，然後將林格妮從車上抱了下來，他感覺到林格妮的嬌軀在微微顫抖著，知道林格妮正在默默和疼痛抗爭著。

羅獵去拿止痛針劑，林格妮阻止了他：「不要……」哪怕是疼痛也是真實的，她不想麻醉自己，不想讓自己所剩不多的生命在麻醉中度過。在林格妮看來，麻醉劑只是對自己身體的一種欺騙。

羅獵抱緊了林格妮，坐在沙丘上，內心中充滿了悲傷。

林格妮柔聲道：「有你抱著我……真好……」

羅獵道：「我會永遠抱著你。」

林格妮搖了搖頭道：「不要承諾，我從未求過永遠……」

「妮妮，你一定會好起來，我一定會找到救治你的辦法。」羅獵大聲道。

林格妮道：「我相信你，如果……如果我好了，我就可以和你一起穿越時空之門，去你的時代……」

羅獵點了點頭。

林格妮道：「你的太太和兒女會不會討厭我？」

羅獵搖了搖頭。

林格妮笑了：「騙人，不過我去不成的，答應我，你如果能回去，永遠不要在他們的面前提起我，可我又不想你把我忘了，我只求……每年……每年我祭日的時候，你……你想我一次好不好？」

羅獵流淚了，他的內心充滿著內疚，為什麼讓他遇到這麼好的女人，為什麼上天又要殘忍地將她奪去：「對不起！」

林格妮道：「傻瓜，你有什麼對不起我的？是我對不起你才對……我好幸福……我沒有遺憾，是我對不起你，是我把思念和悲傷留給了你……羅獵，你知不知道，我最怕什麼？」

羅獵沒有說話，因為他已經說不出來。

林格妮道：「我最怕就是龍天心騙你，如果你回不去……那麼還有誰陪你……」晶瑩的淚水湧出了她的雙眸。

羅獵用力搖了搖頭：「我不走了，我哪裡都不去，我要治好你！」

林格妮冰冷的手撫摸著羅獵的面孔：「你這麼好的人，應該幸福。」

遠方傳來一陣悠揚的駝鈴聲，在當今的年代，駱駝也已經失去了運輸這最基本的功能，更多地用在了遊覽和觀光上。

林格妮感覺好了一些，她站起身，好奇地望著遠處正在朝他們走近的駝隊。統帥這支駝隊的是一個白鬍子老頭兒，他坐在最前方的駱駝上，後面跟著六匹駱駝用繩索串聯在了一起，老頭兒也看到了他們，來到越野車旁邊的時候，友善地向他們打了聲招呼。

「尊敬的朋友，你們從何處來？是不是迷路了？」

林格妮笑道：「大爺，我們是來旅遊的，我們沒有迷路，有導航的。」

老頭兒拍了拍駱駝，駱駝跪了下去，他從駱駝的背上下來，向林格妮和羅獵道：「馬上就要來沙塵暴了，你們在這裡會不安全的。」

林格妮仍然迷信天氣預報：「可是我聽了最近的天氣，最近幾天都是晴好的天氣。」

老頭兒呵呵笑了起來：「小姑娘，我老漢在沙漠中生活了一輩子，什麼天氣預報也不如我的一雙眼睛。」

羅獵道：「老爺子，您知道這附近有什麼可以躲避風沙的地方。」

老頭兒道：「小夥子，你找對人了，跟在我後面，再晚就來不及了。」

羅獵和林格妮上了車，他們駕車跟在駝隊的後面，向西北方向行進了一個多小時，天空就開始黯淡下來，林格妮向後方回望，只見後方的天地已經變得模糊，天和地混沌一片，已經分不清彼此間的界限了，掏出手機看到上面的天氣，仍然顯示是無風的大晴天，林格妮不由得搖了搖頭，看來天氣預報根本不可信。已經開始起風了，老頭兒指了指前面的小山包道：「到了，那裡就是我的營地。」

老頭兒叫沙尕贊，是一位牧民，他並不是住在這裡，前方的小山包曾經是他兒時生活的地方，後來因為風沙的侵蝕，不得不捨棄了這片家園，可沙尕贊幾乎每年都會回來一次，主要是祭拜他的家人。

小山包背風的一面有一座圓形的石頭房子，周邊的院牆已經坍塌了，這座石頭房子就是他過去的家，也得益於他每年來此的維護，不然早就和其他的建築一樣坍塌埋入沙塵之中。

沙尕贊幫助羅獵他們選了一個避風的地方搭建營帳，羅獵和林格妮紮營的時候，沙尕贊把駱駝安置好，檢查了一下石屋，去裡面升起了一堆篝火。

羅獵這才發現這些駱駝的身上都帶著東西，有乾柴，有水，還有乾糧和活羊。

營帳剛剛紮好，沙塵暴就起來了，漫天遍野全都是黃色的沙塵，根本分不清方向，逆風行走感覺每走一步都要耗盡全身的力氣。

沙尕贊請他們進入石屋內，原來這會兒功夫，他已經宰了一隻羊，正準備架在火上烤。

沙尕贊笑道：「算你們有口福，今晚我請你們吃烤全羊。」

林格妮道：「大叔，您過去就住在這裡嗎？」

沙尕贊點了點頭道：「我小時候就在這附近長大，我記得這座小山丘過去還是綠色的，周圍都是草原，我們村還有幾十個人，大家都以放牧為生。」

羅獵道：「是環境的緣故引起了土壤沙化嗎？」

沙尕贊搖了搖頭道：「本來不至於變成這個樣子，在我七歲的那一年，附近發現了一座礦藏，先是來了一支勘探隊來考察，後來來的人越來越多，最後決定要在這裡建設一座煤礦，當時都傳言我們這裡會變成一座城市，我們這些牧民都會變成工人。」他停頓了一下，望著篝火若有所思，過了一會兒方才繼續道：「我的父親，我的幾個哥哥全都有了工作，也賺了不少錢，可突然有一天，那座煤礦發生了爆炸……極其驚人的爆炸。」

沙尕贊的臉上流露出痛苦的表情，雖然過去了那麼多年，可他仍然對當晚那場驚心動魄的爆炸記憶猶新，那場爆炸不但毀滅了礦山的建設，而且還奪去了他的親人。

林格妮小聲道：「是瓦斯爆炸嗎？」

沙尕贊搖了搖頭：「不知道，爆炸發生後不久部隊來了，將這一帶方圓數百里的地方都被劃為禁區，我們村子倖存的人被轉移了出去，我成了村子裡唯一的男丁。」

林格妮能夠體會到他那種失去親人的痛苦，因為她也經歷過，林格妮道：「對不起，我不是故意要提起您的傷心事。」

沙尕贊笑了起來：「有什麼對不起的？我現在生活得很好，有兒有女，子孫很多，一個大大的家族，我還有駱駝牛羊和馬群，只是他們誰都不想到這裡來，就算他們都不來，我也要來，只要我走得動，我每年都會來探望我的父母兄弟。」

他一邊說話，一邊熟練地翻動著火上的那隻羊，羊皮已經開始泛黃冒油，誘人的香氣四處瀰漫。

羅獵吸了口氣道：「好香啊！」

沙尕贊道：「不是老漢我吹，若論到烤羊的手藝，方圓幾百里就沒有能超過我的。」

羅獵道：「您老請我們吃烤全羊，我請您喝酒。」

沙尕贊道：「我帶了馬奶酒。」

羅獵道：「我帶了茅台！」

沙尕贊哈哈大笑道：「我喝過，的確是好酒。」

羅獵出門去車內拿酒，此時外面狂風怒號，沙塵漫天，粗糙的沙粒迎面撲打在身上，暴露在外的肌膚火辣辣的疼，如同被砂紙揉搓過一般。

羅獵從車內取了酒，準備回去的時候，發現不遠處有兩點綠色的光芒漂浮在空中，羅獵定睛望去，發現那應當是一頭狼，他趕緊回到石屋中將自己的發現告訴了沙尕贊。

沙尕贊道：「土狼，沒事的，牠們從來都不攻擊駱駝和人類，我在這附近見過，只有一隻。」

羅獵道：「狼行千里吃肉，動物的本性難道也能改變？」

沙尕贊道：「改變不了！」他指了指一旁事先留出的內臟道：「你幫我將這些內臟拿出去給牠吃。」

羅獵應了一聲，拎起那堆內臟走出石屋，林格妮提醒他要小心。

羅獵走出一段距離將那堆內臟放下，然後退了回去，不一會兒，看到一頭瘦骨嶙峋的狼走了過去，這狼實在是太瘦，棕黃色的毛髮顯得很長，最有精神的要數牠的雙眼了。

可能是因為長期營養不良的緣故，狼的體型偏小，甚至還不及普通的土狗。牠俯下頭開始吃那些內臟，一邊吃一邊不忘抬起頭警惕地望著羅獵，羅獵暗歎自然界之殘酷，以狼驕傲的性情也會低頭接受施捨。

林格妮擔心羅獵，也從石屋中出來，本想說話，迎面一陣風吹得她說不出話來。

那頭狼很快吃完了內臟，原本乾癟的肚子漲得滾圓，牠居然向羅獵低了低頭，然後轉身向遠處慢慢走去，直到看著那頭狼消失在風沙中，羅獵方才回去，腦海中仍然回想著那頭狼向他低頭示意的一幕，看來動物都是有靈性的。

沙尕贊已經將全羊烤好，用刀將全羊分解，遞給林格妮一條羊腿，林格妮笑道：「大叔，我可吃不了那麼多。」

沙尕贊道：「一定要吃，你那麼瘦怎麼行，女人一定要結實才好生養。」一句話說得林格妮臉紅了起來。

羅獵擰開酒瓶，林格妮拿了過去先給沙尕贊的搪瓷茶缸內倒滿，這一缸就得下去半斤，然後又給羅獵的不銹鋼杯子倒上。

沙尕贊端起茶缸跟羅獵碰了碰，喝了口酒，然後用小刀切了一大塊肉塞入口中。老漢果然沒有誇大其詞，他烤的羊肉外酥裡嫩，味道鮮美。林格妮讚道：「好吃！」

沙尕贊道：「這羊是吃著祁連山的冬蟲夏草喝著雪山冰泉長大的，也只有這羊才能烤出最好的味道。」他切下一條羊腿遞給了羅獵：「小夥子，你們是第一次來這裡吧？」

羅獵搖了搖頭道：「不是第一次了，我過去來過，還去過西夏王陵。」

沙尕贊道：「西夏王陵可不在這裡，你們走錯方向了，那邊都是景區，到處都是遊人，沒啥意思。這邊幾乎就是無人區，一年都難得見到一個人影兒。」

羅獵道：「我記得過去附近還有座天廟吧？」

沙尕贊道：「也是在王陵附近，重建的，鋼筋水泥，壓根就不是過去的那座，都是騙遊客的。」

羅獵和林格妮對望了一眼，不禁莞爾。

林格妮道：「大叔，您不是說這裡在爆炸之後被劃成禁區了嗎？」

沙尕贊點了點頭道：「是啊，可這世上的事情總不能一成不變吧？這裡成為禁區大概有二十多年吧，後來部隊撤走了，這邊就變得更加荒蕪了，反正也沒什麼人來，大家都說這邊可能有輻射，再加上這是片不毛之地，誰會無聊到這邊來，直到二十年前，我夢到了我爹，夢裡他埋怨我這麼久都不來看他，於是我就來了，這二十年我幾乎每年都要來這邊，說起來，你們還是我第一次遇到的遊客呢。」

羅獵笑道：「我們也沒想來，可是走錯了路。」

沙尕贊道：「這片沙海氣候多變，往往一天之內都可以反覆多次，咱們今天遇到的沙塵暴可不小，在這樣的天氣裡輕則迷路，重則陷入流沙，一旦陷入流沙，再好的汽車也別想脫困。」

羅獵道：「我記得一百多年前這裡有過一個叫顏拓疆的軍閥頭子吧？」

沙尕贊道：「顏拓疆！是啊，我小時候聽我爺爺說過，我們當地人都稱他為閻王爺，那還是解放前，他手下有不少的士兵，就駐紮在新滿營。」沙尕贊對這一帶的掌故非常熟悉，說起來頭頭是道。

林格妮曾經聽羅獵說起過他當年在這一帶的冒險，不過這些事情沙尕贊顯然不會知道的。別看沙尕贊已經七十一歲了，可是經歷的風浪還是無法和羅獵相提並論。

沙尕贊的酒量很好，再加上今晚和兩位年輕人頗為投緣，他和羅獵將兩瓶酒喝了個乾乾淨淨，羅獵和林格妮離開石屋的時候已經是晚上十一點了。

這場沙塵暴持續的時間很長，直到現在還沒有平息的跡象，風力已經到了十級以上，漫天的黃沙混雜在夜色中，將可見度降到了最低，羅獵和林格妮手牽手沿著石屋來到了避風的一面，他們的帳篷就紮在這裡。

兩人進了帳篷，羅獵將燈打開了，看到林格妮俏臉紅撲撲的，伸手摸了摸暖暖的，擔心她生病，關切道：「你臉怎麼這麼燙？」

林格妮道：「喝了酒的緣故。」她只喝了幾口，加起來也就是一兩多點。

兩人鑽入睡袋，林格妮縮入羅獵的懷抱中，羅獵探手將燈關了。外面風聲呼嘯，帳篷內卻無比溫馨。林格妮小聲道：「過去天廟就在這個地方嗎？」

羅獵嗯了一聲，他應該不會記錯方位，因為這場風沙的緣故他並沒有來得及在周圍搜索，也許就在附近吧，不過當年天廟也是被隱藏在沙丘之下，就算仍然存在，也不是那麼容易找到。

林格妮道：「你說的那些鬼獒、沙蟲、獨目獸會不會仍然生活在這裡？」

羅獵道：「你不是查過資料，這一帶根本就沒有相關生物的記錄。」

林格妮道：「不是每個人都有你這樣的好運氣……」說到這裡她忍不住笑了，遇到這些怪物可算不上是好運氣。

羅獵道：「我最近看了一些關於平行時空的資料，我所經歷的一切可能在這個時空中並未發生。」

林格妮道：「怎麼會？如果沒有發生，麻老太太、吳先生這些人的事情又怎麼解釋？證明他們就是沿著你過去的時空軌跡一路走來的。」

羅獵道：「如果我當初沒有離開，經歷的應當是另外一條時間軌跡。」

林格妮道：「好複雜，我有些累了。」

羅獵輕輕拍了拍她的香肩道：「睡吧！」

林格妮嗯了一聲，趴在他懷中睡去。羅獵卻在回憶著過去經歷的一切，如果再給他一次選擇的機會，在九鼎啟動的時候，他應當做出怎樣的選擇？

沈鵬飛來到了約定的地點，一輛黑色轎車緩緩停在他的身邊，右前側的車窗落下，裡面傳來一個冷冰冰的聲音：「上車！」

沈鵬飛拉開車門來到副駕坐下，他向駕駛車輛的美麗女郎笑了笑，同時在腦海中尋找到了她的資料：「想不到是你來接我。」

羅佳宜看了他一眼道：「我跟你很熟嗎？」

沈鵬飛道：「請容我再次介紹一下自己，沈忘憂！男，二十六歲……」

「無聊！」羅佳宜踩下油門，汽車加速向夜色中的公路駛去，沈鵬飛從反光鏡中看到身後飛速撤離的燈光，看到漸漸消失的城市，默默告訴自己從現在起要徹底忘記沈鵬飛的名字。

林格妮醒來的時候，發現羅獵已經不在身邊，她穿好衣服離開營帳，發現他們的帳篷上蒙了厚厚的一層沙，沙尕贊老漢在整理著院牆，羅獵在另外一邊幫忙。

風已經停了，天光大亮，藍天純然一色，找不到一絲雲，空氣中沒有一丁點的塵土味，彷彿昨天的那場沙塵暴根本就不曾發生過，沙漠由近及遠，起伏著曼妙迷人的曲線，在朝陽的映射下呈現出深淺不等的橙黃色，背著陽光的一面是深沉的冷色，林格妮被眼前美麗的晨光所吸引，她圍上披巾，向石屋走去。

經過沙尕贊身邊的時候，招呼道：「大叔早！」

沙尕贊笑道：「早！」

羅獵建議道：「去沙丘上看看吧，景色很美，千萬不要錯過。」

林格妮嫣然一笑，她感到有些冷，裹緊了披巾沿著沙丘慢慢走了上去。

羅獵將石塊疊加了上去，沙尕贊道：「你妻子是不是生病了？」

羅獵點了點頭，此時他看到剛剛走到沙丘中途的林格妮軟綿綿倒了下去，羅獵慌忙放下手中的活，第一時間趕到了林格妮的身邊，林格妮雖然摔到，可是因為腳下都是黃沙的緣故，所以並未受傷。她歉然道：「我沒事……沒事只是踩空了。」

羅獵才不會相信她沒事，他對林格妮的身手非常清楚，如果在過去絕不可能發生這樣的事情。

沙尕贊老漢也趕了過來，關切道：「沒事吧？」

林格妮搖了搖頭在羅獵的攙扶下站起身來，卻又感覺到一陣頭暈目眩，只能靠在羅獵的肩頭，羅獵摟住她的纖腰，將她擁入懷中，低聲道：「我抱你回營帳。」

林格妮道：「不，我歇一會兒就好。」她緩了一會兒，放開羅獵的手，輕聲道：「去忙吧，我想一個人看看風景。」

羅獵抿了抿嘴唇，放開了她，目送著林格妮繼續向沙丘頂部走去，直到林格妮順利來到沙丘的頂點，這才轉身向石屋走去。

沙尕贊老漢來到羅獵身邊，低聲道：「病很重？」

羅獵朝林格妮看了一眼道：「可能過不了今年了。」他心情沉重。

沙尕贊道：「其實這個世界上沒有治不了的病，過去我們村子附近有一眼神奇的泉水，能夠祛病強身，可後來自從他們過來開礦，泉水就枯竭了。」

羅獵道：「有這麼神奇？」

「有，當然有，你不信我啊！」

羅獵道：「信！」

沙尕贊卻從他的表情上看出他不相信自己，老漢認了真：「我帶你去，就在前面，旁邊的石頭上刻滿了被治好病人的名字。」

羅獵本不想去，可老漢做事非常認真，一定要證明給他看。於是羅獵叫上了林格妮，林格妮明顯有些虛弱。雖然老漢口中的神泉不遠，可羅獵還是選擇開車前往，向正北方向行駛了大約兩公里的距離，果真看到了一塊巨石非常突兀地聳立在沙漠之中。

因為長期在沙漠中經受風沙打磨，石頭也失去了稜角，如果不仔細看，根本看不清上面的字跡，沙尕贊指著上面的字道：「這密密麻麻的全都是當初被神泉治好的人留下的名字。」

林格妮道：「神泉呢？」

沙尕贊道：「乾了，早就乾了，現在應當是被黃沙埋在了地下，估計水也沒了。」他歎了口氣，頗為遺憾，老漢也是好心，可現在卻意識到自己有些糊塗，明明神泉已經沒有了，又何必讓人空歡喜一場。

羅獵的目光卻被石頭上的岩畫所吸引，上面畫著一群人圍成一圈在跳舞，在人群的上方有一條巨大的蟲子。

沙尕贊道：「這幅畫可有年月了，我爺爺小時候就有，不知道是哪朝哪代傳下來的，我爺爺說這上面是一條龍。」

羅獵道：「不是龍，是沙蟲！」

沙尕贊愣了一下，然後笑了起來：「哪有那麼大的沙蟲。」他低下頭去，從地上撿起一隻正在蠕動的硬殼蟲，在羅獵眼前晃了晃道：「這才是沙蟲。」

羅獵道：「這些石塊原來就有？」

沙尕贊點了點頭，然後又指了指前方道：「那裡就是過去開礦的地方，有天晚上突然爆炸了，方圓十幾里的土地全都陷了下去，形成了一個巨大的深坑，坑裡燃燒著熊熊的烈火……」雖然過去了那麼多年，老漢提起這件事仍然心有餘悸，他永遠忘不了那場奪去他家人的災難。

羅獵順著他所指的方向望去，現在已經看不出那裡曾經發生過什麼，黃沙已經將深坑完全掩埋，從表面上看和起伏的沙海已經完全融為一體了。

林格妮測試了一下周圍的輻射指數，發現一切都在正常範圍內，不過在她所瞭解到的資料中並無這一帶發生礦難的消息。她的目光忽然定格在遠方，她看到在天地交接的地方出現了一支騎兵隊伍。

那支隊伍全都騎著黑色的馬匹，身穿黑袍，騎士們只露出了一雙眼睛，林格妮驚呼道：「有人來了。」

羅獵和沙尕贊其實也看到了遠方的景象，沙尕贊道：「海市蜃樓，你看到的不是真的。」

此時遠方的景象又發生了變化，出現了亭台樓閣，甚至出現了一片蔚藍色的海面。

幻象來得快去得也快，大概維繫了三分鐘之後就完全消失了。

沈忘憂在經過三天的輾轉旅程之後，來到了這片空曠無人的戈壁，舉目望去，可以看到遠方延綿起伏的雪山，腳下是乾裂的戈壁，能夠看到的植被除了紅柳就是駱駝刺，除了他和羅佳宜，還有七名年齡和他們相仿的年輕人都來到了這裡，他們是通過層層選拔才被選中參加一項高度機密項目的。

沈忘憂看了看羅佳宜，看到她的雙目中也流露出不安的目光，他低聲道：「不用怕，有我呢。」

羅佳宜有些嫌棄地向一旁走了一步，拉開和沈忘憂之間的距離，小聲道：「我好像跟你不熟。」

空中傳來螺旋槳的轟鳴聲，一架直升機出現在他們的頭頂。那架直升機緩緩降落在他們的前方，一個魁梧的身影從飛機上走了下來，那人竟然是伏魔島的白狼。

白狼的雙眼蒙著一塊黑布，他的雙目已盲，不過他的感覺更加敏銳。

白狼道：「所有人即刻登上飛機。」

羅佳宜不由自主向沈忘憂靠近了一些，小聲道：「他們要帶我們去什麼地方？」

白狼已經聽到了她的話，冷冷道：「不要交頭接耳，不要問，不要看，你們只需要服從命令！」

在他們登機之前，再次驗證了每個人的身分，沈忘憂順利通過了驗證，在對方叫到他名字的時候，他已經很自然地回應，他意識到過去的沈鵬飛距離自己已經越來越遠了。

羅獵幫助沙尕贊老漢修好了院牆，每年沙尕贊都會過來修整一次，可等他下次過來的時候，院牆仍然會發生不同程度的坍塌，沙尕贊望著這兒時的家園，居然感到心頭一酸，他不知道自己明年這個時候還能不能過來，隨著年歲的增長，他的氣力也會不斷衰弱下去，終有一天他會老得走不動，他的兒孫應該是不會從事這項在他們看來毫無意義的工作了。

午餐後，沙尕贊和羅獵他們道別，本來他還想為他們當嚮導，帶著他們離開這片沙海，可羅獵和林格妮還要繼續走下去。

他們揮手道別，羅獵和林格妮並肩望著老人帶著他的駱駝走遠。

羅獵也收拾好了營帳，他和林格妮驅車回到了神泉附近，林格妮道：「就算有神泉，現在也已經乾涸了。」她認為羅獵現在有些病急亂投醫，雖然表面鎮定，可是因為自己日漸嚴重的病情已經亂了方寸，林格妮看在眼裡痛在心裡，她不想羅獵因為自己而焦慮。

羅獵道：「我查閱了相關的資料，好像並無當年礦難的記載。」他將汽車停好，推門走了下去。

林格妮沒有下車，她的體力大不如前。

羅獵回到神泉旁，仔細觀察著那幾塊大石頭上面的字，耐心的尋找終於有所發現，羅獵竟然從石頭上找到了一個熟悉的名字——顏拓疆。顏拓疆是顏天心的叔叔，在當年的天廟之戰以後，顏拓疆重建了新滿營，在那以後羅獵再也沒有和他打過交道。

看來顏拓疆也生過病，並在神泉取得了泉水，按照沙尕贊的說法，這上面的名字都是被神泉治癒後的患者留下的，也就是說顏拓疆也生了病。

林格妮道：「有什麼發現？」

羅獵將自己的發現告訴了她，林格妮推門走了下來，果然看到顏拓疆的名字，不過羅獵還有發現，他竟然又找到了卓一手的名字，這一個個熟悉的名字都讓他激動不已，雖然過去這些人和他當過朋友也做過敵人，可能夠在當今的時代看到這些名字仍然有種說不出的親切感，證明這些人全都真實存在過。

林格妮再次取出探測儀，探測儀上顯示並無異常，在他們的周圍並無水源，也沒有任何的地下建築。她柔聲道：「這裡沒什麼的。」

羅獵道：「我總覺得龍天心約定在這裡相見一定有她的用意。」

林格妮道：「所以你提前過來，就是想先行考察一下？」

羅獵笑了起來，他比約定時間提前了整整一周，其實就存著這個想法。

林格妮道：「你有沒有發現，這幾塊大石頭非常的突兀？」

羅獵點了點頭道：「應該是有人運送過來的。」

林格妮道：「誰會那麼無聊啊？」

羅獵正想說話，可突然感覺到後背有些發熱，他將背包中的紫府玉匣取了出來，卻見金屬塊周圍縈繞著紫色的光霧，用手撫摸了一下居然有些燙手。

林格妮道：「難道是這裡的紫外線太強，它吸收了太多能量的緣故？」

羅獵搖了搖頭，紫府玉匣無法直接吸收太陽能，不然早就充滿了能量。他低聲道：「好像是對某種能量有感應。」

林格妮道：「難道它就是一個探測儀？」

羅獵捧著紫府玉匣向遠處走去，走了幾步，可以看到紫光變得黯淡了一些，於是他又回過頭去，越是靠近那塊巨石，紫府玉匣的紫光就越盛。林格妮測試了一下輻射指數，發現指數迅速開始攀升，她提醒羅獵啟動納米戰甲，以免被輻射損害身體。

羅獵指了指那塊岩石道：「這塊岩石裡面一定有古怪。」

林格妮望著那塊巨岩，沿著巨岩走一圈都有將近三十米，而且這只是岩石曝露在沙面上的一部分，還不知道埋藏在黃沙下的部分有多大。

羅獵向後退了幾步，利用納米戰甲的鐳射光束轟擊在巨岩上，鐳射光束擊中巨岩，在巨岩上留下了一個拳頭大小的凹坑，林格妮撿起一片散落的碎石，測定了一下其中的成分，發現也就是普通的石灰岩。

羅獵又準備瞄準，林格妮道：「你該不是想把這塊大石頭全都給炸開吧？」

羅獵點了點頭道：「正有此意。」他瞄準原來的地方再次發射，這次雖然又擊落了不少的碎石，可仍然進展不大。

林格妮道：「還是我來吧。」她準備用粒子光束試試，可忽然腳下一空，身體就掉了下去，卻是他們所在的沙面突然出現了一個大洞，兩人同時掉了進去。

他們的越野車也隨之掉入了這個巨大的地洞裡面。

羅獵看到越野車向他們滾落過來，趕緊用身體護住林格妮，越野車撞擊在他的身上，幸好有納米戰甲防護，不然這次沒摔死也被他們自己的汽車給撞死了。

等到一切稍稍平靜下去，羅獵用力推開壓在身上的汽車，因為汽車陷入流沙中的緣故，一時間未能將汽車抬起，兩人從車下爬了出去，看到流沙仍然在從那個洞口不停向下流入，他們都意識到了危機感，如果不及時逃回沙面，可能很快這個洞口就會被湧入的黃沙封閉。

他們準備向上攀爬的時候，原本立在沙面上的那塊巨岩也因為地形的改變而傾斜，不偏不倚地將洞口給封住。

周圍頓時變得一片漆黑，羅獵撓了撓頭，這個漏子分明是他捅出來的，如果不是他接連開了兩槍，也不會引動流沙。不過從巨石移動來看，那石頭也算不上大。

林格妮照亮下方，看到前方有一道狹長的縫隙，她拍了拍羅獵的手臂，羅獵示意她在原地等著，獨自一人躡手躡腳走了過去，來到那縫隙前方，利用光束照射其中，發現縫隙的另外一側竟然是一個規模宏大的地下空間。

他將這一發現告訴了林格妮，林格妮的意思是不要繼續深入了，畢竟他們現在距離沙面不遠，雖然巨石封住了洞口，可是只要他們花費一些功夫應該是可以順利脫身的。

林格妮倒不是為自己的安全著想，她所剩時日無多，死亡對她來說已經沒什麼好怕了，可是她不想羅獵冒險，如果真出了什麼事情，後悔都晚了。

羅獵卻堅持要去看看，好奇心是一方面的原因，還有一個原因就是神泉，如果真有神泉存在，是不是能緩解林格妮的病情？哪怕是只剩下一線希望，他也要嘗試一下。

林格妮說服不了羅獵，只能跟隨他的腳步。

羅獵去汽車內取了必要的物資，然後和林格妮一起進入那道裂縫，沿著裂縫小心來到對側，羅獵直接從五米高度的地方跳了下去，下面全都是鬆軟的沙，確信沒有機關，這才讓林格妮大膽跳下來，羅獵展開臂膀將林格妮接住，以免她在落地時受傷。

林格妮歎了口氣道：「感覺我現在完全變成了一個玻璃人，一碰即碎，什麼忙都幫不上。」

羅獵道：「你幫我很多，我一個人是不敢到這裡來的，有你在我就踏實了許多，你是我的定海神針。」

林格妮心裡暖融融的，她知道羅獵是在寬慰自己，她小聲道：「哪有，你是我的定海神針才對。」

羅獵笑道：「定海神針沒有，如意金箍棒倒是有一根。」

林格妮在他胸口捶了一拳，然後伏在他懷中，小聲道：「我喜歡。」

羅獵照亮周圍的環境，舉目望去，卻見前方倒伏著一根根巨大的石柱，這些石柱顯然不是天然形成的，而是人工雕琢的作品。羅獵在這片沙海中曾經不止一次發現過古代的建築遺跡，所以他並沒有感到太多的驚奇。

林格妮卻是第一次見到，她很難想像在這片沙漠下居然暗藏著如此規模宏大的建築遺址，但看地上倒伏的石柱就已能夠想像到當年這片建築物何其的恢弘。

在羅獵的印象中自己好像沒有來過這裡，從石柱的斷面來看，每一根石柱的直徑都要在一米以上，最粗的兩根直徑接近兩米，這種石柱並不常見於中華古建築中。

林格妮驚歎道：「這裡過去一定是一座神殿，古希臘風格的神殿。」

羅獵道：「其實世界各地的文明有著絲絲縷縷的聯繫，又各有各的特徵，這片地域是古西夏國的所在，有人說西夏王陵就是中華的金字塔群。埃及有金字塔，古瑪雅文明也留下了金字塔，而百慕達核心海域也有金字塔。」

林格妮點了點頭，對於這一系列古文明現象已經有人專門在研究，不過至今沒有得出讓人信服的結論。

羅獵道：「地球就這麼大，能存得住多少秘密？」

林格妮道：「這不就是個大秘密？天大的秘密？」

羅獵笑了起來：「你真以為是什麼天大的秘密？這裡應該就是沙尕贊老漢口中的煤礦，當初發生爆炸，然後又被封鎖起來的地方。」

林格妮道：「你是說……在我們之前已經有人發現了這裡？」

第六章

冷酷惡毒的靈魂

明華陽的狀況是生不如死，他的身體全都失去了行動能力。
明華陽怨毒的目光盯住身邊這個女人，他想不通，
如此驚為天人的軀殼內竟然包藏著冷酷惡毒的靈魂，
明華陽本以為這世界上沒有比他心腸更硬的人，
可現在他意識到自己錯了。

羅獵道：「很有可能吧，真正的秘密應該已經毀於那場爆炸中了。」他繼續向前方走去，根據沙尕贊所說，和外面巨石上銘刻的那些名字足以證明這裡過去應當存在過一眼泉水，泉水也的確治癒了不少人身上的疾病。

在沙漠中水源本身就是彌足珍貴的，而水源的保護因為周圍環境的緣故通常會變得異常艱難，就算當初那眼泉水並未得到破壞，也很難在這樣的環境下長期留存。

兩人在廢墟中搜尋了一會兒，並沒有耗費太久的時間，就找到了一口井，井口的直徑約有兩米，井內填滿了黃沙。

林格妮向周圍望去，發現黃沙仍然在緩慢的流動，估計用不了太久的時間，黃沙就會把這裡的空間填滿，到時候他們脫身的難度就會變得更大。羅獵示意她不要著急，他暫時解除納米戰甲伸手直接探入井口的黃沙之中，發現井口內的黃沙似乎和外面的溫度不同。

林格妮聽他這樣說，於是利用探測儀探查了一下，發現井口內黃沙的溫度比外面要高出五度，從這一點上初步推斷出井口被黃沙掩蓋的部分可能另有玄機。

羅獵取出兵工鏟，開始清理井口內部的黃沙，花了十多分鐘，已經下挖了兩米左右，兵工鏟的頂部觸到了堅硬的金屬面板，摩擦出吱吱嘎嘎刺耳的聲音。

林格妮對羅獵敏銳的洞察力佩服不已，換成是其他人在這樣的狀況下恐怕不會發現如此微妙的區別。

雖然短時間內就挖到了金屬蓋板，可是想要利用兵工鏟將上面的黃沙全都清理乾淨需要相當長的時間，羅獵利用雷射光束在清理出來的部分蓋板上切割出一個洞口，黃沙沿著洞口迅速流淌了下去，很快上面的黃沙就流失了個乾淨，整個蓋板暴露在他們的面前。

林格妮從切割口照亮下方，看到隱藏在蓋板下的水井深不見底。

羅獵探手摸了摸金屬蓋板的背面，沒有感覺到任何的潮濕，如果下方有水，通常這裡會凝結汽化的水珠。

林格妮道：「你還要下去嗎？」其實她問話的時候就已經知道了答案，羅獵應該會下去。

羅獵點了點頭道：「下去看看，興許能找到一些寶貝。」他並非是一個貪財之人，歷經滄桑，他的金錢觀要比多數人要淡泊得多。就算是下面藏著稀世珍寶也無法打動羅獵，真正驅使他要進入井底一探究竟的原因是沙尕贊說起的神泉。病急亂投醫，對羅獵而言，但凡有一線希望，他都會盡力而為，發生在他身邊的悲劇已經太多，他不想悲劇繼續重演。

林格妮抓住羅獵的手，她用力搖了搖頭，表示自己不願意下去。

羅獵輕聲道：「別怕，凡事都有我呢。」

林格妮其實並非害怕，她已經時日無多，死亡對她而言無非是早晚的問題，又有什麼好怕，她是怕羅獵會遇到危險。

羅獵道：「我不想留下遺憾。」

林格妮咬了咬嘴唇，終於還是鬆開了手。

羅獵將金屬蓋板切割擴大，以便能夠容納一個人通過。將鋼索固定後，兩人沿著鋼索先後下滑，羅獵抽出一根照明棒，折彎之後，將紅色照明棒向下扔去，照明棒在重力的作用下墜落。

羅獵從照明棒停止墜落的時間判斷，這口井深度在一百米左右。他並沒有急於下降到底部，照亮周圍的井壁，這口枯井的整體結構是下大上小，越是接近底部就越是寬闊，周圍可以看到沿著井壁盤旋的長龍。

龍尾位於井口處，龍頭位於井底，他們來到井底處，可以看到在井底處有一個碩大的龍頭，龍頭用一種黑色的石料雕刻而成，林格妮利用探測儀並沒有第一時間分析出石料的成份。

井底已經枯竭斷流，龍嘴張得很大，羅獵借著光束看了看龍嘴的內部，發現其中並沒有洞口。

林格妮道：「你有沒有覺得缺了什麼？」

羅獵道：「什麼？」

林格妮道：「是不是應該有顆龍珠？」

羅獵目測了一下龍嘴的大小，如果當初真有一顆龍珠，那麼這顆龍珠的直徑要在兩米左右，想要將這麼大一顆龍珠轉移只怕沒那麼容易。他撿起一顆石塊敲擊了一下地面，井底應該是實地。

林格妮也用探測儀檢查了一下周圍的狀況，初步排除了周圍還有隱藏洞口隧道的可能，她小聲道：「走吧，只不過是一個枯竭的古井罷了。」

羅獵仍然有些不甘心，拂去地面上的浮沙，希望能夠找到一些蛛絲馬跡。此時流沙已經漫過了上方的井口，又從金屬蓋板的孔洞瀉落下來，林格妮有些擔心，如果他們再拖延一些時間，就有被活埋在這口井內的可能。

「快走吧，再晚就來不及了。」

羅獵道：「剛才的沙去了什麼地方？」

經他提醒，林格妮這才想起剛才堆積在井口蓋板上的黃沙應該全都傾瀉到了井底，而現在他們立足的地方雖然有不少的黃沙，可是數量上仍然偏少，換句話來說，那些從上方瀉落的黃沙一定另有去處。

羅獵從黃沙流動的方向找到了縫隙，縫隙位於龍頭的下方，黃沙都朝著同一方向聚集，在龍頭下方可以看到一個橢圓形狀的孔洞，這會兒功夫，頭頂瀉落的流沙也變得越來越多。雖然有縫隙，可是這縫隙的寬度並不足以讓他們通過，林格妮希望羅獵儘快離開，可是羅獵認定的事情又豈肯輕易放棄。他決定在龍頭下頜部分進行引爆。

安置好炸彈之後，兩人來到相對安全的地點隱蔽，羅獵引爆了炸彈，這次的爆炸將龍頭的下頜部分整個炸裂開來，爆炸引起的聲響和氣浪讓井內沙塵翻騰，幸虧他們有納米戰甲的防護，不然也會難以倖免被爆炸波衝擊。

羅獵在納米戰甲能夠承受的範圍內將爆炸當量提升到了最高值，爆炸引起的劇烈震動之後，他們立足的井底猛然向下一沉，因為事先抓住了鋼索，他們的身體雖然一沉，可是並未失足陷落。

鋼索的長度並不足以抵達下部空間的底部，羅獵和林格妮在瀰漫的沙塵中對望了一眼，兩人點了點頭，同時放開了鋼索。

兩人的身體呈自由落體運動，速度也在不斷增加，林格妮根據指數測定他們和底部的距離，在距離底部還有五十米左右的時候，他們同時啟動了戰甲的減速功能，下墜的速度迅速減慢，等他們距離底部地面還有五米的時候，納米戰甲已經成功將他們的下降速度減緩到安全的範圍內。

腳下是一條地下河，水流湍急，河面寬度在五十米左右，他們落下的位置剛好位於河心，根據探測儀的回饋，河水的深度要超過六十米，兩人並沒有選擇盲目落下，而是利用戰甲的飛行功能，來到了地下河的北岸。

河岸是鬆軟的沙灘，羅獵環視四周，第一時間對周圍的環境進行安全評估。

林格妮抬頭看了看上方，剛才的爆炸將井底炸穿，上方的黃沙形成了一道流沙瀑布，經由爆炸產生的洞口不斷泄落到這隱秘的地下世界，不過黃沙的流速明顯在減慢，看來用不了多久的時間，上方的缺口就會被黃沙阻塞，重新將這地底世界封閉起來。林格妮不禁有些擔心，如果他們在斷糧之前找不到出路怎麼辦？

羅獵來到河邊，伸手試了試水溫，河水溫潤，和通常冰冷徹骨的地下水不同。

林格妮檢測了一下水質，發現這裡的水質居然出奇的好，屬於可以直接飲用的那種，雖然處在沙海之下的地底深處，可是這裡的空氣並沒有毒性。

兩人打開頭罩，羅獵掬起一捧河水直接喝了下去，林格妮也有些口渴，飲水後又裝滿了水壺。

羅獵道：「這附近有沒有大型的河流或湖泊？」

林格妮搖了搖頭，他們處於沙漠的核心地帶，別說附近，就算是方圓一百公里內的範圍都沒有大型湖泊的存在。她明白羅獵問話的原因，眼前的這條地下河規模可謂不小，流量奇大，必然和大型的水源相通。

羅獵道：「歷史上這裡並非沙漠，而是擁有一條大河。」

林格妮自問在歷史和地理方面還算有些研究，可是在她的知識範疇內這裡並無大江大河的存在。

羅獵從她的臉上已經看出了她的迷惑，微笑道：「這條大河出現的時間很短，相傳是大禹治水之前，洪水肆虐，江湖改道，在這個地方出現了一條名為連天江的大河。」

林格妮道：「你是說傳說。」畢竟夏朝的歷史並未被官方證實，羅獵所說的雖然在神話傳說中出現過，可並未被史學家承認。

羅獵道：「就算是傳說吧，不過我們應當能夠有所發現，如果不是到了沙海之下，又怎能發現這條大河？」

林格妮點了點頭：「順流還是逆流？」

羅獵道：「逆流而上！」只有逆流而上的人生才有意義。

兩人沿著大河一路上行，開始的時候河岸兩側全都是鬆軟的黃沙，可在他們前進兩個小時後，河面突然收窄，湍急的河水從兩塊巨大的岩石中噴湧而出，想要繼續前進，就必須攀上岩石。

他們爬上岩石，發現這岩石明顯經過人工雕琢，岩石一級一級疊加，河床也隨著地勢的變化而不斷升高。爬到中途，林格妮回頭望去，卻見身邊的大河如同瀑布噴湧，氣勢磅礴，水流聲如同雷鳴，震耳欲聾。林格妮大聲道：「你有沒有覺得像水庫開閘洩洪？」

羅獵點了點頭，的確如此，眼前的場景就像是水庫洩洪，根據這些石塊來看，這裡十有八九就是一個規模宏大的水利工程。按理說這座水利工程最初應當是位於地表的，後來隨著地貌的變化而被流沙掩埋，可是有一點讓人費解，過去了那麼多年為何黃沙沒有徹底將這裡淹沒，這地下河與相鄰的建築並未遭遇太大的破壞。

沿著層層疊疊的巨石不斷爬升，當他們來到高處，周遭都是一片漆黑，林格妮向前方射出一顆照明彈，眼前出現了一片規模宏大的建築群，羅獵和林格妮兩人都因眼前所見而震驚，這是一座被湮沒於沙海之下的城市，城市過去應當建築在一座山巒之上，地下河沿著城市的中軸線奔騰流淌，在地下河的兩岸就是依山而建形形色色的建築。

除了河水流淌的聲音，再也沒有任何生命的氣息，看不到人類、動物、植物，他們走到現在甚至沒有見過一株小草，一片苔蘚，一隻蟲子，這裡是陽光照不到的地方，這裡是生命的禁區，是被世人遺忘的角落。

林格妮道：「怎麼會有這樣的地方？如此規模深藏於地下，歷經那麼多年始終沒有被人發現？而且沒有被沙海掩埋，基本保留了過去的面貌。」

羅獵向前走了幾步，低聲道：「這裡可能發生過一場地震，地震導致整座城市下沉，然後裂縫又擠壓變窄，於是這座城市就陷入了暗無天日的地下。」他看到腳下岩石有一道十公分寬度的裂痕，而且越往前走裂痕越多。

林格妮望著那岩層上一道道宛如傷疤一樣的裂痕，不由得暗暗心驚，如果被羅獵猜中，當年的那場地震必然是驚心動魄的，簡直能夠用天崩地裂來形容，一座城市，一座建築在山丘之上的城市在一場地震中消失得無影無蹤，而且歷史上並無記載。

他們最初陷入流沙看到石柱群的地方應該也和這座城市有關，林格妮忽然踩到了一樣東西，低頭望去，發現腳下是一隻被扭斷的鐵鎬。她將鐵鎬撿起，羅獵也湊了過來，馬上判斷出這鐵鎬應該是近代的產物，也就是說在他們之前已經有人到達了這裡。

林格妮道：「看來我們並不是最先發現這裡的人。」

羅獵道：「沙尕贊不是說過，這一帶曾經開過礦，後來因為發生了爆炸才廢棄。」

林格妮道：「難道說過去就不是開礦？只是利用開礦作為掩護，真正的目的是要探察這座地底城市？」

羅獵笑了笑，林格妮的這番說法只不過是猜測罷了，不過也不能排除這種可能。

林格妮又道：「也許當初就是發現了礦藏，的確是在挖礦，可是那場爆炸引發的礦難之後，這裡被廢棄，那些落難的礦工當時並沒有罹難，倖存的人到處尋找出路，於是才找到了這個地方。」

羅獵點了點頭，這種可能性應該更大一些。

林格妮道：「他們應該不是和我們經過同一條途徑來到了這裡，一定另外還有出路！」她的內心充滿了驚喜。她可不想羅獵陪著自己永遠留在這暗無天日的地下，她的生命雖不長久，可是她希望羅獵能夠幸福的活下去，希望羅獵能夠重返屬於他的世界，希望羅獵能夠和他的家人團聚。

他們已經來到了地下河的上方，站在拱橋之上，滔滔河水從他們的腳下噴湧而過。他們觀察了一會兒，決定向最上方的一座三稜錐型建築走去，那座建築位於這座地下城市的最高點，地下河的源頭位於建築的下方，從他們的角度看上去，這座建築就像是一把鋒利的寶劍。

林格妮認為這座建築像是一座異形的金字塔，兩人沿著城市的街道前行，城市的建築全都用潔白的岩石砌成，林格妮小聲道：「你有沒有發現，這裡和伏魔島有些相像？」

羅獵點了點頭，其實第一眼看到這座城市他就發現了這一點，這裡的建築風格，和明華陽位於百慕達的秘密基地伏魔島的建築有些相像，主要是建築風格，相比前者，這裡其實更加樸素，沒有多餘的裝飾，基本上都是四四方方的石塊堆砌，建築物的造型也是非常簡單，多半都是梯形的盒子結構。

在前往三稜錐建築的途中他們發現了一具死屍，死屍已經自然風乾成為了木乃伊，從他的衣服能夠看出他生前的身分應當是礦工，羅獵在他的身上發現了一本日記，翻開日記，一張照片掉了出來，羅獵撿起照片一看，上面是一張全家福，日記上的字跡凌亂不堪，還有許多的錯別字。

羅獵直接翻到了後面，看了一會兒就將日記合上。

林格妮道：「上面說了什麼？」

羅獵道：「已經能夠斷定死者就是當年遭遇礦難的工人，他和一些工友為了逃生誤打誤撞進入了這裡，發現了水源，在這裡生存了一段時間。」

「後來呢？」

羅獵搖了搖頭：「雖然找到了水源，可是這裡沒有任何的食物，所以他們最終還是全都死在了這裡。」

「為什麼只有一個？」

羅獵沒有回答，林格妮從他的表情卻已經悟出這裡曾經發生了怎樣可怕的事情，在面臨死亡的時候，人類的自私和劣根性就會展露無遺，她從心底感到毛骨悚然，突然感覺胸腹部一陣翻江倒海，扭過頭去嘔吐起來。

羅獵輕輕拍了拍她的背脊，幫住她平復下來，林格妮漱了漱口，在羅獵的攙扶下來到石階上坐下，無力地靠在羅獵的肩頭喘息了一會兒。

羅獵道：「好點沒有？」

林格妮點了點頭，身體的疼痛又開始發作了，她強忍疼痛，生怕羅獵看出來，小聲道：「我想歇一會兒。」

羅獵將她擁入懷中，感覺到她周身都在顫慄，又是心疼又是自責，自己非但治不好林格妮，甚至連催眠她都做不到。羅獵道：「我幫你注射？」

林格妮搖了搖頭，止疼劑對她雖然能夠起到一些作用，可是產生的副作用更大，隨著劑量的加大，她在注射之後會出現一段時間的昏睡現象，她不想睡，因為她擔心自己睡去之後就再也不會醒來。

林格妮抬起頭，美眸之中淚光漣漣道：「我……我可能陪不了你太久時間了……」

羅獵抱緊了她：「傻瓜，怎麼會？只要我們找到明華陽就能夠查出他當初在你身上動了什麼手腳，一定可以治好你，一定能！」他在安慰林格妮，更是在安慰他自己。

明華陽沒有死，可是他現在的狀況是生不如死，除了大腦之外他的身體全都失去了行動的能力。明華陽怨毒的目光死死盯住身邊的這個女人，就算處在仇人的角度他也不得不承認龍天心的美貌，可是他怎麼也想不通，如此驚為天人的軀殼內竟然包藏著如此冷酷惡毒的靈魂，明華陽本以為這世界上沒有比他心腸更硬的人，可現在他意識到自己錯了。

龍天心歎了口氣道：「我給了你不少的機會，可你始終不說，那顆玄冰之眼究竟藏在什麼地方？」

明華陽道：「我根本就不知道你在說什麼。」

龍天心道：「你不知道？當年你的曾祖父從蒼白山盜走了一樣東西，那東西本不屬於他。」

明華陽道：「就算他曾經盜走了什麼，過去了那麼多年，我又怎麼會知道？你又為什麼非得認定那東西被我藏起來了？」

龍天心冷冷道：「如果你沒有玄冰之眼的幫助，只怕早就死了，根本活不到現在。」

明華陽道：「你到底是誰？為何要與我為敵？」

龍天心道：「你派人潛入獵風科技內部，竊取我的秘密資料，炸毀獵風總部，幾度派人刺殺我，如果不是我夠警覺，只怕早就死在了你的手裡。」

明華陽心中黯然，成王敗寇，自己既然落敗，當然無話好說，現在已經落在了龍天心的手裡，生死早已由不得自己，他也是聰明絕頂之人，知道就算自己將所知道的一切和盤托出，最終仍然難免一死，以龍天心冷酷的性情又豈會放過自己？明華陽把心一橫，左右都是一死，何須再向此女低頭，閉上雙目平靜道：「你殺了我就是。」

龍天心道：「殺了你豈不是便宜了你？」她背起雙手踱了兩步道：「就算你不說，我一樣能夠讀取你的記憶，你放心，我不會殺你，你不是最喜歡把別人變成喪屍，想要利用喪屍病毒要脅並掌控這個世界嗎？我幫你完成這個心願，還會把你變成一具最完美的喪屍。」

明華陽霍然睜開雙目，他知道此女既然說得出就一定做得到，他雖然研究喪屍病毒多年，也曾經親手將無數人變成了行屍走肉，可如果這種事發生在自己的身上，他是無論如何都不能接受的，與其那樣還不如死去。

龍天心從明華陽的雙目中看到了他內心深處的恐懼，微微一笑道：「我給你一天的時間考慮，夠慷慨吧？」說完她發出一連串的狂笑，轉身向外走去。

沈忘憂在接到命令之後第一時間來到了集合地點，現場他看到了久違的羅佳宜，羅佳宜穿著制服，英姿颯爽，站姿筆挺，她似乎並沒有看到沈忘憂。沈忘憂向她悄悄眨了眨眼睛，羅佳宜眼角的餘光發現了他，飛快地向他掃了一眼然後迅速離開。

此時一個威嚴的聲音喝道：「立正！」

二十名隊員同時立正，此時周圍的燈光全部熄滅，整個訓練館陷入一片黑暗中。

所有學院因這黑暗的突然到來而心中一沉，這是人對於黑暗自然而然產生的反應，不過他們所經受的良好訓練讓他們仍然保持著原來的站姿。

黑暗中聽到一個深沉的聲音：「稍息……」

林格妮終於在疼痛的折磨下昏厥了過去，對她而言反倒是一件好事，羅獵背起林格妮繼續向前方走去，身邊的河水應當是沙尕贊口中神泉的來源，林格妮也算是喝過了神泉之水，可是對她似乎沒有起到任何的作用，也許所有的希望只能寄託在艾迪安娜的身上了，羅獵心底深處又告訴自己，艾迪安娜只是一個騙局，連龍天心都明確表示無法做到的事情，她又能有什麼辦法？

不過從艾迪安娜的話語中能夠判斷出一件事，那就是明華陽依然活著，如果明華陽還在人間，那麼治癒林格妮就有希望。

羅獵來到了那座三稜形的建築物前，他先將林格妮放下，趴在石門上側耳傾聽裡面的動靜，確信裡面並無異常的動靜，先將石門推開一條縫，石門看似厚重，可並沒有花費太大的力量就已經將之推開，證明戶樞轉動極其靈活。

羅獵利用手電筒的光束向其中照去，目光所及都是空蕩蕩一片。

此時林格妮悠然醒轉，羅獵回到她的身邊，林格妮望著他，俏臉上浮現出會心的笑意，柔聲道：「每次醒來見到你都是一次驚喜。」

羅獵輕輕撫摸她的俏臉，林格妮抓住他的手，羅獵明白她因何會這樣說，林格妮已經隨時準備離開這個人世，每一次昏迷都認為可能不會再度醒來，當她醒來後看到羅獵就有種隔世重生的感覺。她對死亡沒有恐懼，對人生沒有抱怨，能夠遇到羅獵已經是她最大的幸運。

羅獵將水壺遞給她。

林格妮喝了幾口水，輕聲道：「這裡裝的就應當是神泉水吧，看來對我沒什麼效果。」

羅獵道：「哪有那麼快的，可能需要一段時間才能吸收。」

林格妮笑了起來：「這是水啊，又不是什麼難消化的大羅金丹。」

羅獵也笑了起來，林格妮指了指敞開的石門：「裡面有什麼？」

「我還沒來得及進去看。」

林格妮道：「去看看。」她站起身來，羅獵本想攙扶她，卻被林格妮拒絕，她活動了一下手腳道：「感覺好多了，說不定這泉水真的有效。」其實她還是和過去一樣，甚至比起此前還要虛弱一些，只是她不想羅獵擔心，本身的性情又極其要強，所以才這樣說。

羅獵早就看穿了真相，心中又是一陣難過，可當著林格妮的面又不能表露，還要強顏歡笑，他點了點頭道：「你精神好了許多，走！咱們進去看看。」

兩人通過石門進入了室內，室內空空蕩蕩，在正對石門的牆壁上有一幅石雕，雕刻著兩軍混戰的場面。兩人看了一會兒，林格妮率先道：「好像是黃帝和蚩尤的大戰。」

羅獵搖了搖頭道：「涿鹿之戰並非發生在這片區域。」

林格妮道：「沒有發生在這裡並不代表歌功頌德的雕刻不會出現在這裡。」她指了指其中一個三頭六臂的將領道：「傳說中蚩尤有八字腳，三頭六臂，銅頭鐵額，你看這個人像不像？」

羅獵道：「倒是有些意思。」他的關注點並非在浮雕畫面的內容，而是他看出這浮雕的圖案中蘊藏著一個秘密，這是一幅巨大的圖形鎖，因為林格妮的指引，他不由得多看了那個三頭六臂的人物一眼，忽然發現人物的足部位置有些彆扭，於是嘗試著將其中的一隻腳摁落下去，沒想到用力一摁，居然將那隻腳摁得陷落下去。

羅獵現在已經可以斷定這浮雕就是圖形鎖，按照常理只要找到圖形中異常的部分就能夠破解機關，有些像遊戲中的來找碴。

兩人一起尋找浮雕中的錯漏之處，一共找到三處錯漏，這三處錯漏都不明顯，如果不認真查找很容易疏忽過去，在他們查找錯漏的過程中，剛才摁落下去的足部又緩緩升起恢復原樣。

他們將三處錯漏同時摁落下去，只聽到浮雕背後發出吱吱嘎嘎的聲響，整座房間都震顫起來，讓人不禁擔心這建築物隨時都可能坍塌。

浮雕的那面牆從中分裂開來，一股森然的冷氣從裡面悄然湧至，羅獵打了個寒顫，兩人及時啟動了納米戰甲，周圍的溫度急轉直下，林格妮從溫度指數看到溫度在一分鐘之內就已經下降了十五度，現在他們周圍的氣溫已經到達了零下。

羅獵來到隱藏在浮雕背後的洞口前，用手燈向其中照去，只見手燈光束之中有紫色的波紋在不斷變換旋轉，這應當是其中的空氣中含有某種雜質，光線在遇到雜質後發生散射衍射後產生的狀況。

腳下是一條旋轉向下的石階，石階沒有護欄，在旋轉石階環繞的中心，有一座通體漆黑的尖塔，尖塔頂部環繞著一圈紫色的光漩，這光漩並非靜止而是緩慢流動著，看上去就像是一團美麗的星雲。

林格妮被這團美麗的光漩驚呆了，她從未想到在暗無天日的地下居然存在著如此美麗的景象，她喃喃道：「好像宇宙中的星雲一樣。」

羅獵點了點頭，這座尖塔應當存在著某種能量，紫色的光漩應當是一些可以在黑暗中發光的物質，被尖塔的能量吸引，所以凝聚在尖塔頂部長久不散，其成因和宇宙中的原理相通。

沿著台階一直走到了底部，他們這才看到，尖塔的底部用九根粗大的金屬連結於周圍的岩壁之上，這座尖塔竟然是虛空飄浮於地底，在尖塔的下方還是一眼深不見底的地洞。

羅獵在深入九幽秘境的時候，龍玉公主的冰棺就被鐵鍊懸掛在冰洞之中，可是斬斷鐵鍊，冰棺會在重力的作用下落地，眼前的這座尖塔卻超出了他的想像，這九根粗大的金屬鏈是用來束縛尖塔，如果斬斷了這些金屬鏈，尖塔應該向上漂浮，它究竟用何種物質製成？竟然可以掙脫地心引力？如果不是親眼所見，他們絕不相信會有這種可能。

用來連結尖塔的金屬鏈，每一節都比碗口要大，羅獵決定進入尖塔看看，林格妮沒有反對，只是有一個條件，她也要一起去。

羅獵率先沿著金屬鏈走向尖塔，他認為在這麼粗的金屬鏈上維持身體的平衡並不難，可是真正走上去之後發現一切也沒有那麼容易，任何細微的舉動都會引起尖塔的蕩動，隨著尖塔的抖動，金屬鏈摩擦出吱吱嘎嘎的駭人聲音。

林格妮擔心地望著羅獵，畢竟從這裡到達尖塔那邊需要凌空走過近三十米的距離，林格妮本來提議用納米戰甲的飛行功能，可是納米戰甲在這裡受到了一些影響和干擾，狀態並不穩定，如果在飛行的過程中突然出現了故障，只怕後悔都來不及了。於是兩人商定最後還是沿著金屬鏈走過去，這樣雖然麻煩一些，可畢竟比飛行來得可靠。

羅獵有驚無險地來到了尖塔前方，轉過身向林格妮招了招手。

林格妮走上金屬鏈，只有親身體會才知道通過這條鏈條是何其艱難，幾乎每走一步，腳下都會發生變化，金屬鏈的變化導致那座漂浮的尖塔也晃動起來，尖塔猶如一頭巨大的猛獸在竭力掙脫金屬鏈的束縛。

林格妮不得不走走停停，等到動靜平復之後才繼續前進，腳落在塔基之上的時候，林格妮長舒了一口氣。

羅獵抓住她的手，清晰感覺到她的手還在顫抖，羅獵道：「沒事了，已經過來了。」作為先行者，他能夠理解林格妮這一路過來的艱辛。

林格妮感到腳下的地面在緩緩旋轉，轉到一定的程度又突然停頓，這是因為塔身被金屬鏈扯住的緣故，然後又開始逆向轉動，這座黑色的尖塔彷彿擁有生命一般，林格妮道：「好古怪的尖塔。」

羅獵撫摸了一下尖塔的外壁，他不由得想起了在九幽秘境發現禹神碑的情景，當時禹神碑就是凌空飄浮於熔岩湖之上，不過這裡還是有所不同。

林格妮道：「是金屬！」

整座尖塔都是用金屬鑄造而成，她用檢測儀試圖探察金屬的成分，很快就意識到檢測儀處於非正常狀態，目前無法工作，其實就算是能夠正常工作，或許也沒有這種金屬的資料。

林格妮道：「這種材料難道可以抵禦重力的作用？」

羅獵搖了搖頭，按理說不會是這個樣子，他懷疑問題並非出在構成尖塔的金屬本身，而是來自於尖塔內部，羅獵率先推開塔門走了進去，剛剛進入其中，身體瞬間就失去了重力，緩緩漂浮起來。

隨後進入塔內的林格妮也發生了同樣的狀況，他們的身體緩緩上升，塔內中空，在塔的頂部縈繞著紫色的光幕，兩人的身體不斷上升，他們的納米戰甲也已經完全失效，無法抵禦失重的作用。

眼看著那團越來越近的紫色光霧，林格妮越來越緊張，她幾乎能夠斷定這座尖塔的核心就位於光霧之後，羅獵提醒她閉上眼睛屏住呼吸，目前還無法判斷這紫色的光霧對他們的身體究竟有沒有害處。

光霧有形無質，他們閉上雙目屏住呼吸，穿越光霧之後陡然感覺身體一沉，兩人同時發出一聲驚呼，感覺自己的身體向下墜落，可馬上就落在了實地之上，睜開雙目，讓他們沒有料到的是，他們竟然回到了尖塔之外。

羅獵和林格妮彼此對望著，他們都搞不清到底發生了什麼事情，明明剛才他們已經漂浮到尖塔的頂部，可突然之間就來到了尖塔的外面，而且塔門重新關閉，彷彿一切都未曾發生過一樣。

林格妮道：「剛才發生了什麼？」

羅獵努力回憶著，他只記得他們兩人先後穿過了那團紫色的光霧，然後就感覺到身體猛然向下墜落，他本以為會重重摔到尖塔的底部，可是沒想到睜開雙目就出現在了尖塔的外面。

林格妮道：「我怎麼不記得是怎麼出來的了？」

羅獵道：「你等著我。」他決定再次深入塔內，要搞清究竟發生了什麼。

林格妮點了點頭，這次沒有隨同他一起進去，叮囑道：「你一定要小心。」

羅獵笑了笑，然後推開塔門再次進入其中，依然像剛才那般失重漂浮，只是這次羅獵在通過那團紫色光霧的時候沒有閉上雙眼，光霧並不刺眼，可是在他穿越光霧的同時突然感覺到眼前光影變幻，這些光影竟然以肉眼可見的速度倒退，當他重新看清周圍的景物時，發現自己再次出現在了尖塔之外。

林格妮一臉關切地望著他，柔聲道：「你要小心！」

羅獵心中一怔，明明自己已經走入尖塔內，怎麼林格妮的樣子卻像是一切都沒有發生過？難道……他意識到一件不可思議的事情，時光倒回了，也唯有如此才能解釋剛才發生的一切，第一次是他和林格妮穿過那團光霧，然後他們就鬼使神差地回到了這裡，回到了他們進入尖塔之前的時間點。這次是自己，在自己選擇單獨進入尖塔之後，在穿越光霧後仍然發生了時光倒回的現象，甚至影響到了身在塔外的林格妮。

林格妮一頭霧水地望著羅獵，她還不清楚剛才到底發生了什麼。

這個發現讓羅獵感到驚喜，不過他的驚喜也沒有維繫太久，畢竟尖塔逆轉時空的能力非常有限，只能將時光倒回到幾分鐘之前，羅獵將自己的發現告訴了林格妮。

林格妮首先想到的卻是羅獵，她驚喜道：「如果這座尖塔當真可以讓時光倒回，那麼你就能夠回到過去了，回到你的家人身邊。」一雙美眸熠熠生輝，她對羅獵沒有任何的私心。

羅獵搖了搖頭道：「可能尖塔只能將時光逆轉幾分鐘，也可能它本身的能量不夠，總之想要依靠它返回一百多年前是不可能的事情。」

林格妮道：「總之有了希望。」她的目光落在那束縛尖塔的九根金屬鏈上，小聲道：「如果我們將這九根金屬鏈全都弄斷，尖塔失去了束縛，會不會可以將時光倒回得更遙遠一些？」

羅獵道：「誰知道會發生怎樣的事情，也許不能，也許倒回多些時間，也許一下可以把人送回遠古時代，不過照我看最大的可能還是一直衝上去，破土而出直沖天際。」

林格妮笑道：「至少我們找到了離開這裡的方法。」

羅獵道：「可惜我們對這座塔知之甚少。」

林格妮道：「照我看，秘密應當都隱藏在光霧後面。」

羅獵也認同這一點，不過他不知如何才能進入其中探查玄機，光霧的逆轉時空更像是尖塔的自我保護，它可以將進入其中的生物送出尖塔，從這一點上來說尖塔還算是友善的。

羅獵稍稍斟酌之後就放棄了再次進入尖塔的想法，雖然這座尖塔能夠讓時光倒回，可對他們而言並無真正的意義，既不能就讓林格妮倒回到身體無恙的狀態，也無法讓自己回到屬於他自己的年代和家人團聚，這樣的時光倒回只是起到將他們一次次拒之於門外的作用。

羅獵抽出一支螢光棒向下方的地洞中扔去，螢光棒受到重力的作用垂直落下，兩人向下望去，一直看到螢光棒在視野中變成了一個綠色的小點。

林格妮倒吸了一口冷氣道：「深不見底。」

羅獵道：「這地洞有古怪，應該是只對尖塔產生排斥力。」他過去曾經見過禹神碑飄浮於熔岩湖上方的情景，推測道理應該相同，只是這尖塔因何會產生逆轉時空的作用，他就無法明白其中的原因了。

林格妮的話不無道理，只要將這些金屬鏈弄斷，尖塔就應該會筆直向上升起，突破上方的屏障，興許真有可能將他們送出地面。

兩人商量之後，決定馬上展開行動，利用手錶切割那九條粗大的金屬鏈，雖然道理簡單，可真正實施起來並不是那麼容易，切割一條金屬鏈就要耗去整整兩個小時，兩人同時工作也需要至少九個小時才能夠完工，這還要建立在一切順利的基礎上，在施工中必須保持尖塔的平衡。

其實以上這些還算不上太大的麻煩，真正的麻煩在於他們手錶內蘊含的能量，在納米戰甲無法啟動的狀態下，他們也無法調用戰甲本身的能量系統，現在所使用的只不過是手錶內固有的能量，這套鐳射切割系統設計的初衷是為了應急逃生，估計並不能維持到他們將九條金屬鏈全部切割完成。

兩人眼下也只能抱著試試看的態度，羅獵的原則向來都是只要有一線希望就不能放棄，就算最後以失敗告終，他也要嘗試到底。他們擔心的事情終於還是發生了，在他們成功切斷四根金屬鏈之後，鐳射光束的能量就已經耗盡。

羅獵歎了口氣道：「看來咱們只能再想別的辦法了。」他的話音剛落，就感覺到這尖塔劇烈震顫起來，隨之發出蓬的一聲巨響，卻是第五根被切割了一半的金屬鏈硬生生被尖塔向上升起的力量掙斷，隨後第六根金屬鏈也被這股力量扯斷，尖塔的基座發生了傾斜，角度的突然改變，讓兩人立足不穩，林格妮驚呼一聲，身體隨著傾斜近乎六十度的基面滾落下去，羅獵伸手救援時已來不及了。

林格妮在即將墜落出邊緣的時候抓住了金屬鏈，饒是如此，她也已經滑落到了基座的邊緣。

羅獵大吼道：「撐住！」他知道林格妮拉住的金屬鏈隨時都有崩斷之危，他一手抓住尖塔入口的邊緣，一手取出繩索垂落下去，很多時候越是傳統簡單的工具反而越是可靠。

林格妮抓住繩索的末端，在手腕上纏繞了兩周，此時她近前的鐵鍊因為承受不住尖塔的壓力而崩斷，林格妮的身體也隨著尖塔基座的改變重新向塔門的方向滾去，羅獵在她來到近前之時，探出右臂將她抱住，兩人一起隨著尖塔傾斜的角度進入了尖塔的內部。

現在只剩下兩條金屬鏈束縛尖塔，鐵鍊因為尖塔向上的牽引力而不斷發出吱吱嘎嘎的震顫聲，尖塔宛如一頭全力掙脫牢籠的猛虎，在和金屬鏈的抗爭中很快就取得了勝利。

幾乎在同時，兩根金屬鏈被尖塔崩斷，失去束縛的尖塔緩緩向上升騰。

羅獵和林格妮進入尖塔之後就進入了失重的狀態中，兩人抓住尖塔底部，避免因為尖塔的位置變幻而跌入上方紫色光霧之中，一旦發生那種狀況他們很可能會再次進入時光倒回，現在尖塔已經脫離了束縛，不知會有怎樣的結果。

他們現在只要待在尖塔內，就能隨著尖塔上升而脫困。

尖塔升騰到地下空間的頂部，隨著不停的旋轉上升，尖端已經突破頂部的岩壁刺入黃沙中。

羅獵發現那團紫色的光霧正變得越來越淡，尖塔上升的速度也開始漸漸變得緩慢，他心中突然產生了一個令他惶恐的想法，如果尖塔的上升力不足以突破上方的沙海，又或是剛好陷入沙海的中心，那麼身處在尖塔內的他們兩人豈不是等於被活活埋葬了？

事到如今已經由不得他去多想，現在就算是想回頭也沒有可能了。

林格妮也發現那紫色的光霧正在變淡，小聲道：「看來就要停了。」

羅獵點了點頭，他很快就做出了一個決定，低聲道：「趁著那團光霧沒有消失，咱們進去。」

林格妮不解地望著他，不過她並沒有發問，因為她尊重羅獵的任何決定，無論羅獵決定怎樣做她都不會反對，唯一的要求就是要和羅獵一起，生死與共絕不分開。

兩人放開了抓住尖塔的手，輕輕在塔底一蹬，身體輕飄飄向上飛起，他們很快就來到了光霧縈繞的地方，這光霧比起此前明顯變淡了許多，林格妮從羅獵的背後抱住他的身軀，兩人用安全帶綁在一起避免中途分開，羅獵的雙手則緊緊握住了紫府玉匣，目前的狀況下，他們唯一的能量來源就是紫府玉匣，紫府玉匣曾經在伏魔島吸收能量並在關鍵時刻為納米戰甲提供能量。

紫府玉匣此刻卻毫無反應，通體呈現出沒有任何生氣的死灰色。兩人的身軀穿越紫色光霧，羅獵的內心也變得緊張起來，因為他們很可能會讓紫府玉匣逆轉時光送出塔外，如果發生這樣的狀況，他們的處境將會是極其危險的。

不過這一幕並未發生，兩人進入了光霧之中，宛如進入了一個微縮的星河之中，可以看到無數的星辰在他們的身邊轉動，可以看到流星從他們的身邊劃過，可以看到一團團美不勝收的星雲。

他們很快就意識到，他們兩人就是這星河的中心，周圍所有的一切都是在圍繞著他們轉動。確切地說，是圍繞著羅獵手中的紫府玉匣在轉動。

紫府玉匣終於有了些許的光芒，羅獵低頭望去，看到紫府玉匣綻放出若有若無的藍色光華，他們的周圍看不到任何尖塔的建築結構，恍惚間如同真的進入了宇宙之中，無邊無際，永無邊界。

尖塔已經停滯於沙海中，如果它永遠停留在這裡，羅獵和林格妮無疑會隨同尖塔一起永遠埋葬在黃沙之中，沒有人知道他們來過。

此時一道道紅色的光芒直射尖塔的底部，尖塔通體變得通紅，塔尖處隨著能量的聚集而變成了紫色，紫色的星雲於黃沙中重新炫動，尖塔的內部斗轉星移，一道紫色的光線筆直落下，投射在羅獵手中的紫府玉匣之上。

紫府玉匣變得越來越亮，羅獵提醒林格妮閉上眼睛，很快強光讓周圍變得白茫茫一片，星辰消失，羅獵的腦海中也變得空白一片，前所未有的孤獨感籠罩了他的內心。

孤狼木立在這突然變得空白一片的腦域世界中，這世界並非卜雪卻單純的失去了界限和輪廓，孤狼失去了方向，牠不知該往哪裡去，何處才是牠的棲身之處。

孤狼回頭看了看自己的身上，傷痕累累，陳舊的傷痕已經留下了永遠無法磨滅的傷疤，新鮮的傷口還在流血，孤狼舐去肩頭的鮮血，鹹澀的滋味如同濃縮的眼淚。

孤狼已經忘記自己上次流淚在什麼時候，血液的滋味勾起了牠遙遠的回憶，想起發生在自己身上想要忘記卻始終無法忘記的一切，潛意識阻止自己繼續想下去，因為這些回憶會讓牠痛苦。

牠累了，寧願沉溺在這空白一片的世界，沒有痛苦沒有歡樂，甚至沒有任何的感覺，感知不到自己的呼吸和生命，感知不到自己的存在，一切就此結束才好。

回憶如同身上流血的傷疤，已經產生的創口仍未彌合，痛苦是清晰且真實的，一陣陣的痛苦讓牠無法逃避，那來自心底深處難以名狀的痛讓牠發出一聲悲涼的嚎叫，這近似於咆哮的嚎叫撕裂了死一般沉積的空白世界，孤狼睜開雙眼，利爪憤怒地撕扯著前方的空虛，蒼茫一片的世界竟然被牠撕扯出數道觸目驚心的血紅。

殷紅色的血從裂口中滲透進來，落在地面上，迅速將地面染紅，將這混沌一片的世界分離開來，蒼白色的是天，殷紅色的是地。血狼站在血色浸染的大地之上，本來的意識漸漸恢復了清醒，無論怎樣疲憊，無論怎樣痛苦，牠仍然要掙扎著活下去，牠絕不會放棄，任何時候，任何狀況。

孤狼咆哮著衝向前方被牠撕扯出的裂口，牠要衝破這無形的壁壘，找回原來的世界……

第七章

玄冰之眼

龍天心道：「明華陽的先祖當年誤入九幽秘境，
同樣受到影響，他本應該如同麻博軒等人一樣
新陳代謝迅速加快，很快衰老死亡，
可這樣的狀況終究沒有發生在他的身上，
不是因為他的體質迥異常人，而是因為他擁有玄冰之眼。」

羅獵睜開了雙眼，第一時間想到的是林格妮。

林格妮還在他的懷中，雖然處在昏迷狀態，可是她呼吸均勻平穩，應該沒有性命之憂。

周圍一片黑暗，甚至連紫府玉匣也失去了原有的光華。

羅獵不知自己身處何處，唯一能夠確定的是，他們仍然處在那座尖塔裡面，尖塔明顯停止了運動，此前發生的時光逆轉並沒有再次發生在他們的身上，塔內恢復了重力，沒有出現失重的狀況。

羅獵來到塔門前方，發現塔門已經被黃沙封堵，內心不由得一沉，最壞的一幕發生了，這尖塔十有八九鑽入了沙海之中，在沙海中停止了行進。

羅獵嘗試啟動納米戰甲，發現納米戰甲仍然沒有半點反應。

此時林格妮醒了過來，她發現羅獵不在身邊，惶恐地叫了起來：「羅獵！」

羅獵道：「我在這裡。」他走過去，抓住林格妮的肩膀，林格妮撲入他的懷中，有羅獵在她的身邊，就不會害怕。

林格妮的情緒迅速穩定了下來，當她搞清目前他們所處的狀況，主動提議道：「也許咱們應當先爬上去看看。」

羅獵點了點頭，她的提議是正確的，越往高處越是靠近地面，也就是說他們脫困的可能性也就越大。

兩人沿著尖塔的內壁向上方攀援，很快就爬到了尖塔的頂端，羅獵用手燈照射了一下最頂層的窗口，外面全都是黃沙，這座尖塔顯然陷入了沙海的中心，換句話來說，這尖塔如同一個巨大的棺槨，他們兩人很不幸被沙海活埋了。

林格妮道：「就算上面出不去，可塔底下方應該是空的。」

她的猜測很快就被證明是錯誤的，尖塔在上行的過程中，四周的黃沙不斷填塞下方的空間，將整座尖塔包裹在黃沙內，尖塔恰恰上升到沙海的中間停滯了下來，其實這一狀況他們在一開始的時候就曾經想到過，這也是最壞的狀況。

林格妮頹然歎了口氣道：「看來是真出不去了。」

羅獵沒有說話，沉默了一會兒，他選擇再度向尖塔的頂端爬去，林格妮這次沒有隨行，只是用燈光為他照亮，默默望著他的舉動，在她的心中已經選擇了放棄，林格妮感到內疚和自責，如果羅獵不是為了救治自己，就不會選擇來這裡尋找什麼神泉，也就不會身陷囹圄，可現在說什麼都晚了。

羅獵和多數人最大的不同就是他的堅持和頑強，不到最後，他絕不會放棄心中的希望。

再次來到尖塔的頂層，試圖從窗口掘出一個通道，可剛剛挖出一個洞口馬上就有黃沙將之坍塌堵住。

林格妮望著空中泄落的沙，知道羅獵仍然不肯放棄，她咬了咬櫻唇，想要勸說羅獵不要繼續這徒勞無功的舉動，可是話到唇邊又打消了念頭，還是讓他自己去嘗試，直到認清這殘酷的事實。

羅獵這次將手臂探入黃沙中，竭力向窗口外伸展，如果左腕上的手錶脫離了尖塔，是否能夠重新啟動納米戰甲？

羅獵的這個想法竟然奏效，當他的手臂脫離尖塔的遮罩之後，他重新恢復了對納米戰甲的控制，羅獵驚喜地將自己的這一發現告訴了林格妮。

林格妮也重新鼓起了希望，她來到羅獵的身邊，學著羅獵的樣子恢復了對納米戰甲的控制。憑藉著納米戰甲他們應當可以在沙海中強行推進一段距離，可納米戰甲的能量終究有限，不可能維繫太久的時間。

對他們來說目前這身戰甲已經成為他們脫困唯一的希望，能走多遠就是多遠，羅獵先行啟動納米戰甲，利用納米戰甲的飛行模式離開尖塔進入沙海，然後強行向上行進。

兩人一前一後，這是他們最後的機會，只希望在戰甲的能量耗盡之前突破上方的沙層，如果中途能量耗盡，那麼他們就會徹底被埋葬在沙海之中。

只要心中希望不滅，就一定會有機會，他們沒有料到距離沙面只有區區兩米的距離，並沒有耗費太多的能量，兩人就破沙而出。

他們撤去納米戰甲，同時躺倒在黃沙之上，外面正是深夜，猶如黑天鵝絨般的夜幕之上懸掛著一顆顆鑽石般的星星，他們從未見過這麼美麗的星空。

林格妮望著這美麗的星空，忽然意識到自己的心底深處仍然眷戀著這個世界。她輕聲道：「活著真好！」

羅獵握住林格妮的手偶，一度他也曾經想要放棄，畢竟他經歷了太多的痛苦和磨難，可是在逃出生天的剎那，羅獵意識到自已所做的一切都是值得的，雖然他並不怕死，可這並不能成為他輕易放棄生命的理由，就算是死也不能不明不白的死，也要死得有意義。

兩人就這樣靜靜躺著，直到黑夜散盡黎明來臨。

當陽光再度沐浴這片沙海，兩人方才站了起來，從表面上看，已經找不到任何的痕跡，這片沙海綿延起伏，看不到尖塔，更看不到地下的玄機。林格妮標記了他們目前所在的位置。

回到地表，他們的裝備就恢復了正常，初步測算了一下，走出這片沙海最短的距離大概在一百二十公里，這對他們來說已經算不上困難。

明華陽現在的狀況是度日如年，除了大腦他身體的其他地方都已經無法動彈。如果不是心中存在著某種希望，他早已放棄，距離龍天心給他的最後期限已經不遠了。

明華陽看得見時鐘，還有三分鐘，龍天心就會出現在他的面前，而他期望的解脫仍然遲遲沒有到來。

龍天心準時出現，居高臨下地掃視了明華陽一眼：「是不是已經考慮好了？」

明華陽道：「你會放了我？」

龍天心道：「我會給你自由。」

明華陽哈哈大笑起來：「你以為我會相信你？只要我說出玄冰之眼的下落，我就會變得毫無價值，你就會殺掉我。」

龍天心皺了皺眉頭道：「就算你不說，我一樣可以讀取你腦中的記憶，我發誓到時候一定會讓你感受到千倍的痛苦。」

明華陽道：「如果你能夠做到何必等到現在？你沒有那個能力，你雖然很想殺我，可卻又不能殺我。」

龍天心被他戳破心事，不由得惱羞成怒，咬牙切齒道：「我會讓你生不如死！」

明華陽道：「我早已生不如死了。」

龍天心轉身來到控制台前，摁下其中的按鍵。

明華陽隨之發出一聲慘叫，原來失去知覺的身體瞬間恢復了痛覺，只有痛覺，如同千萬把鋼刀在同時切割著他的身體，與此同時還感覺到自身的骨骼被無數鑽頭鑽磨著，明華陽將自己的嘴唇咬得唇破血流。

龍天心的俏臉上蕩漾著迷人的微笑：「明華陽，你是不是很想死？」

明華陽顫聲道：「我發誓……我一定要讓你……啊……」

此時忽然響起的電話讓龍天心暫時放下了對明華陽的折磨，她離開了房間，接通電話：「什麼事？」

手機螢幕上顯示著艾迪安娜的頭像：「主人，您約的人已抵達指定區域。」

龍天心點了點頭：「知道了。」

「要不要把他們接到基地？」

龍天心道：「你親自去。」

羅獵和林格妮在抵達約定地點三個小時後，看到了一架黑色三角翼隱形飛機垂直降落在他們的前方，一身褐色軍服的艾迪安娜英姿颯爽地出現在艙門前，她走下舷梯，微笑望著兩人道：「兩位還真是守時。」

羅獵道：「龍天心怎麼沒來？」

艾迪安娜格格笑道：「怎麼？想她了？有沒有想我啊？」

林格妮皺了皺眉，冷冷道：「當著我的面勾引我丈夫，是不是太不自重？」

艾迪安娜笑道：「如果我是你就不會吃醋，反正命不長久，多個女人喜歡他照顧他豈不是一件好事？」

林格妮雖然知道艾迪安娜分明在刺激自己，可又不得不承認她的話其實很有道理，是啊，自己已經命不長久，又能陪伴羅獵幾天？自己離去之後若是有人陪著他安慰他倒也不錯。

羅獵道：「那個人絕不會是你。」他握緊了林格妮的柔荑，溫暖的掌心給林格妮無聲的安慰。

艾迪安娜嘖嘖讚道：「我就喜歡重情重義的男人。」不忘又向羅獵拋了個媚眼，然後道：「想要進入我們的秘密基地，就必須要按照我們的要求。」

她的要求是解除兩人身上的武裝並給他們戴上頭罩，不過艾迪安娜並沒有強行要求兩人解下腕錶，只是象徵性地解除了他們身上的軍刀。羅獵和林格妮登上飛機之後，他們就被蒙上了面罩，眼前變得一片漆黑。

艾迪安娜道：「在進入基地之後，你們會被分開。」

林格妮心中一動，她也察覺到艾迪安娜是在提醒他們，從以上種種跡象來看，艾迪安娜似乎站在他們的立場上。她堅持道：「我們不會分開。」

艾迪安娜歎了口氣道：「同生共死，想要共死容易，可想要同生卻沒那麼容易。」

羅獵道：「好！」

林格妮聽他答應下來，於是也不再反對。

飛機在飛行二十分鐘之後落地，羅獵根據感覺判斷，他們飛行的距離應該超過了五百公里，在飛機降落平穩之後，羅獵和林格妮被解除了頭罩，艾迪安娜將林格妮引領到附近的休息室休息，帶著羅獵進入電梯，繼續深入基地的核心。

電梯內兩人目光交匯，誰都沒有說話。

進入一百多米的地下，艾迪安娜在監控的盲區低聲道：「別忘了你的承諾。」

羅獵淡然一笑，他從未答應她什麼，不過想要營救林格妮，或許只能選擇跟她合作，他低聲道：「明華陽在這裡？」

艾迪安娜點了點頭。

羅獵的內心中浮現出一線希望，解鈴還須繫鈴人，只要明華陽仍然活著，就有解救林格妮的希望，只是直到現在羅獵仍然不知龍天心真正的計畫，她對自己所說的一切或許都是謊言，至少在明華陽一事上，她對自己就有所隱瞞，拒絕了幫助自己營救林格妮的要求。

艾迪安娜指了指前方的房門，示意龍天心就在其中。

羅獵點了點頭，來到門前，不等他摁下門鈴，合金房門自動向兩旁移動開來，羅獵走入室內。

眼前出現了一間裝修雅致的酒吧，龍天心背身坐在吧台前，一名機器侍者恭敬站在酒吧後方。

縱然處在敵對的立場上，羅獵也不得不承認龍天心豔壓群芳的美麗氣質，然而在這美麗軀殼之下卻是蛇蠍心腸。

羅獵來到吧椅上坐下，和龍天心之間還隔著兩張椅子。

龍天心清楚意識到他對自己的排斥，唇角泛起一絲迷人的笑容，柔聲道：「喝什麼酒？」

羅獵道：「給我一杯水。」

龍天心歎了口氣道：「連跟我喝一杯酒都不願意？」

羅獵道：「我戒了！」

龍天心眼波流轉，臉上的笑容卻漸漸消失，她知道羅獵在撒謊，或許是他想保持清醒的頭腦，或許他是不屑於和自己一起喝酒，龍天心骨子裡也是個執著的人，她很想知道答案，可是她卻又明白羅獵不可能告訴自己正確的答案，最後還是強行控制住腦海中的想法，點了點頭道：「好吧。」

機器侍者給羅獵送上一杯冰水，羅獵喝了一口水：「我來了！」

龍天心道：「想通了？決定跟我合作？」

羅獵道：「我還是那個條件。」

龍天心道：「你經歷了那麼多，我本以為你的眼界要和普通人不同。」

羅獵道：「是人終究逃脫不了感情的羈絆。」

龍天心呵呵冷笑了起來：「只是你的羈絆實在太多。」

羅獵並不介意她的冷嘲熱諷，淡然道：「如果你不能救她，我走！」

龍天心道：「為了一個女人你願意放棄回去的機會？難道你的家人還不如她重要？」

羅獵道：「我都不會放棄。」

龍天心冷冷道：「可惜天下沒有那麼好的事情，魚和熊掌不可兼得！」

羅獵將水杯輕輕放下，起身向門外走去。

龍天心望著他毅然決然離去的背影，美麗的唇因為憤怒而顫抖，她終於還是選擇讓步，在羅獵走出房門之前歎了口氣道：「如果你走出那道門，林格妮就必死無疑了。」

羅獵停下腳步，他並不是真正要走，從來見龍天心之前他就做好了與之博弈的準備，這是一場心理戰，龍天心之所以選擇與他合作從根本上是有求於他，換而言之如果單憑龍天心自己是無法完成這個計畫的，羅獵剛好以此迫使她讓步。

羅獵並未回身，輕聲道：「如此說來，你有救她的辦法？」

龍天心道：「我此前不是跟你說過，機會渺茫……」

羅獵道：「既然如此，我還是沒有留下的必要。」

龍天心終於下定決心道：「明華陽在我的手裡。」

羅獵這才重新轉過身去，望著龍天心道：「看來你一直都沒有對我說實話。」

龍天心道：「並非是我沒有對你說實話，而是我當時真不知道明華陽的下落，最近我方才將他擒獲。」

羅獵心中對她的話是一句不信，可是他也懶得去拆穿龍天心的謊言。

龍天心道：「明華陽的祖上其實就是曾經流落蒼白山躲避兵役的法國石匠，那石匠還曾經是顏天心的法文老師。」

羅獵對這些事情早已知道，在他看來龍天心故意提起顏天心的名字分明是想揭開自己心頭的傷疤。

龍天心故意停頓了一下，看了羅獵一眼，從他風波不驚的臉上看不出絲毫的痛苦，龍天心佩服羅獵內心強大的同時又感到有些失落，連她自己都搞不清到底在失落什麼？

羅獵道：「你同意讓我去見明華陽？」

龍天心道：「一個條件，你要幫我查出玄冰之眼的下落。」

羅獵道：「玄冰之眼？」此前他從未聽說過這樣東西。

龍天心道：「明華陽的先祖當年誤入九幽秘境，同樣受到了影響，他本來應該如同麻博軒等人一樣新陳代謝迅速加快，很快就衰老死亡，可這樣的狀況終究沒有發生在他的身上，不是因為他的體質迥異常人，而是因為他擁有玄冰之眼。」

羅獵道：「你是說玄冰之眼能夠對抗九幽秘境中的影響？」

龍天心點了點頭道：「不然他們的家族何以得到繁衍傳承？」

羅獵道：「以你的能力完全可以從明華陽那裡得到答案。」他其實是故意說這句話，龍天心的精神力在過去是極其強大的，甚至超過了他，可在同樣穿越時空來到現代，龍天心所受到的損失似乎比自己更大，她應該是無法進入明華陽的腦域探知真相，否則又何必低聲下氣地求自己合作？

龍天心道：「我無能為力。」她咬了咬嘴唇道：「我把明華陽交給你，你幫我查出真相，他也是唯一能夠救治林格妮的希望。」

羅獵毫不猶豫道：「成交！」

龍天心道：「不要嘗試背著我和他達成協議，如果我無法得償所願，我會選擇玉石俱焚。」

「威脅我？」

「不是威脅，是保證！」

明華陽聽到門開啟的聲音就意識到自己即將遭受新一輪的折磨，他仍在堅持，只有堅持才能夠活下去，如果他選擇投降，那麼只能是死路一條，以龍天心的為人，是不可能放過自己的。

龍天心操縱明華陽站立起來，明華陽終於有了平視對方的機會，他詫異地發現龍天心的身邊又多了一個人。

龍天心道：「我再給你一次機會。」

明華陽道：「廢話少說，你殺了我就是。」

龍天心冷哼一聲道：「以為我不敢？」

明華陽的目光盯住羅獵道：「找了幫手啊？又有何用？你們以為能夠讓我屈服嗎？」他對自己的意志極其自信，他從出生之後就經歷了別人無法承受的痛苦，這讓他形成了堅忍不拔的性格，否則在龍天心的殘酷折磨下他早已屈服。

龍天心道：「讓你說實話的方法有很多。」

明華陽冷笑道：「任何的刑罰對我都沒有作用，順便提醒你，就算是藥物也起不到任何的作用。」

龍天心向羅獵看了一眼，柔聲道：「能否找到答案，全靠你自己了。」

羅獵緩步來到明華陽的面前，明華陽看到他堅定的目光，內心中警惕暗生，他知道羅獵的身分。

明華陽盯住羅獵的面龐道：「你相信這個女人？」

羅獵微微一笑：「我認得你！」

明華陽聞言一怔，他記不起羅獵在何時見過自己，就在他努力思索的剎那，突然感覺眼前一陣暈眩，明華陽意識到自己的思維因羅獵剛才的那句話而受到牽制的時候已經晚了。

羅獵已經成功進入了明華陽的腦域世界。

這是一片滿目瘡痍的土地，蒼狼進入這片領域之後也因眼前的一切而錯愕，牠所站立的地方是一根漂浮的枯木，無數的枯木凌亂無章地漂浮在灰色的泥漿之上，蒼狼覺察到了身後的動靜，回首望去，看到紅色的火狐也隨著自己進入了這片腦域世界。

龍天心終究還是不放心羅獵，多疑促使她做出了冒險進入明華陽腦域的決定，雖然她知道這會存在一定的風險，可她必須確保整件事要在自己的掌控之中，羅獵不是普通人，如果他在得到自己想要的資訊之後再悄悄動了手腳，自己會對其間發生的事情一無所知。

蒼狼望著如影相隨的火狐，目光漠然，牠向下一根浮木跳去，因為牠看到對面岸上黑色的拱門，憑著敏銳的洞察力意識到那裡才是腦域世界的核心所在。

蒼狼跳躍的同時，火狐緊隨其後，牠的體型雖然比蒼狼要小上許多，可是動作靈活，看得出牠極其謹慎，每一次的落點都準確選擇在蒼狼經過的地方。一切看來進行得非常順利，然而就在牠們進入這片泥漿湖中心的時候，突然下方的泥漿開始燃燒。

明華陽的身體雖然喪失了反抗的能力，可是這並不代表著他的意識同樣任人宰割，雖然羅獵和龍天心順利進入了他的腦域世界，可他的意志力同樣強大，他要阻止這一切的發生，他要封鎖腦域中的秘密，要讓他們知難而退，甚至要將他們扼殺於自己的腦域之中。

蒼狼的速度明顯在加快，火狐緊隨蒼狼的身後，冰藍色的雙目流露出惶恐的光芒，龍天心的精神力還不足以強大到應對這樣的場面，她開始後悔自己剛才的選擇。

蒼狼騰空躍過前方的火海，牠騰空的動作卻進一步推遠了兩根浮木之間的距離，火狐望著這不斷拉遠的距離發出一聲嗚嗚，牠並沒有足夠的把握跳到對面那根浮木之上。

蒼狼回首看了看火狐，然後迅速轉過頭去，火狐火紅色的毛髮豎立起來，不僅僅是恐懼還是憤怒，在牠看來蒼狼要拋下自己。

蒼狼再次騰躍而起，兩條後肢用力蹬踏浮木，將這根浮木推向火狐，率先跳到了岸上。

火狐成功跳到了下一根浮木上，蒼狼從岸上叼起一根木樁拋向燃燒的湖面，有了這根浮木的過度，火狐也成功來到了岸上。

蒼狼傲然向黑色拱門行去，地面在劇烈震顫著……

明華陽從未感到過如此的恐懼，他感覺自己的整個腦域世界已經袒露無遺，他無法隱藏自己的秘密，羅獵的精神力之強大遠超他的想像，在兩人之間的交鋒中他很快就敗下陣來。

明華陽爆發出一聲怒吼：「卑鄙！」他被控制的意識終於回歸了本我，睜開雙目，看到羅獵和龍天心仍然站在他的面前，明華陽的周身都被冷汗濕透，他不知剛才過去了多久，也不知道對方從自己的腦域中得到了什麼？內心中仍然抱著一絲僥倖，或許他們什麼都沒有得到。他大吼道：「我什麼都不會說，你們什麼都不會得到！」

龍天心充滿嘲諷地望著他：「你不用說，以後永遠也不會再有說話的機會。」說完這句話，她就摁下了按鍵，明華陽的身軀向下沉去，明華陽發出一陣陣的怒吼，可很快他就沉入地底不見了蹤影。

龍天心的目光轉向羅獵瞬間變得溫柔，她輕聲道：「看來救治林格妮和尋找玄冰之眼並不矛盾。」

羅獵點了點頭。

龍天心道：「想不想見識一下時空之門？」

羅獵道：「真的有時空之門？」

龍天心點了點頭，雙眸中流露出前所未有的溫柔情愫，她仍然清晰記得在明華陽腦域中驚險的一幕，如果羅獵放棄了自己，恐怕自己的意識會在明華陽的腦域中灰飛湮滅，就算自己僥倖活命，也只不過是一具行屍走肉罷了。羅獵應當是關心自己的，否則他又豈會在生死關頭施以援手？如果在現實世界中，龍天心或許會認為他是因為自己外表和顏天心一模一樣的緣故，可在腦域世界中，意識的化身已經和顏天心沒有任何關係。

龍天心來到門前，準備打開房門，房門卻並未順利開啟，她重新驗證了自己的指紋和虹膜，房門依然如故。

龍天心皺了皺眉頭，系統很少發生這樣的故障，內心中已經生出一種不祥的感覺，她選擇備用方案，準備以密碼開啟房門，可是當她輸入密碼之後卻得到了錯誤的提示。

羅獵也察覺到情況有些不妙，艾迪安娜此前就提出跟自己合作對付龍天心，難道她已經提前行動？

龍天心想起了什麼，她迅速回到控制台前，試圖通過這裡進入基地的智慧中樞系統。此時外面傳來轟隆隆的落閘之聲，龍天心的俏臉失去了血色。

羅獵道：「失控了？」

龍天心搖了搖頭道：「不是失控，是反叛！」

林格妮驚喜地迎向房門，卻發現從外面進入的是艾迪安娜，臉上的笑容瞬間消失，關切道：「羅獵呢？」

艾迪安娜道：「他和龍天心一起。」

林格妮第一時間察覺到了形勢不對，她悄然向納米戰甲的中樞控制系統發出指令，然而讓她失望的是戰甲並未成功啟動。

艾迪安娜格格笑道：「忘了告訴你，這裡對你所擁有的戰甲擁有遮罩作用。」

林格妮衝向艾迪安娜，就算沒有納米戰甲，她同樣不會放棄。可當她即將接近對方的時候，艾迪安娜的身影卻倏然消失，驚人的移動速度讓她已經來到了林格妮的身後，一拳擊中了林格妮的後心，林格妮的身軀猶如斷了線的紙鳶一般飛了出去，撞在牆上又跌落在地上。

艾迪安娜再次發動攻擊的時候手中已經多了一把刀，準備用這把刀劃過林格妮的咽喉，此時卻聽到一個沉穩的聲音道：「住手！」

整個基地都已經失控，可控制台仍然能夠顯示他們所處環境的即時狀況，氣溫在迅速下降，短時間內已經達到了攝氏零下十度，這對羅獵和龍天心來說都是一種嚴苛的考驗，他們的護甲完全失效，雖然他們的體質比普通人要強大不少，可是隨著氣溫的不斷下降，他們的優勢也會消失殆盡。

羅獵嘗試了一下手錶中的應急裝置，發現也失去了效用。龍天心道：「沒用的，這裡可以遮罩任何的電磁信號。」她心中生出一種作繭自縛的感覺，原本這裡是用來對付羅獵這種對手的，可想不到最後竟被利用成為對付自己的武器。

羅獵道：「沒有辦法嗎？」

龍天心嘴唇已經被凍得發紫，呼吸吞吐的都是白色的霧氣，她努力思索著應對的辦法，低聲道：「切斷這房間的電源。」說完之後她自己又搖了搖頭道：「可惜電源在外面。」

他們被關在室內，控制這裡的電源卻在外面，想要切斷電源豈不是天方夜譚？換成過去，她精神力最為強大的時候或許還有可能，想到這裡，她內心中卻突然出現了一盞明燈，她向羅獵道：「你可不可以用精神力遙控遠處的物品？」

羅獵的精神力正處在飛速的恢復階段，他甚至已經重新恢復了遙控駕馭飛刀的能力，他點了點頭，又補充道：「範圍有限。」

龍天心道：「二十米就已經足夠，你只需利用精神力尋找到外面的電閘，直接切斷或令它短路，這裡就會斷電，我們就能夠得到喘息的機會。」

羅獵點了點頭，他問道：「可是我又如何尋找到電源確切的位置？」

龍天心的目光落在管線上，輕聲道：「電路的傳輸過程中會有能量輻射，只要你用精神力捕捉到能量，並沿著這條軌跡逆行尋找，找到外面的電源絕非難事……」她停頓了一下道：「只是在循著這條軌跡行進的過程會非常的痛苦，我會教你集中精神力逆行溯源的方法。」

如果不是到了生死關頭，龍天心也不會將這樣的秘密告訴羅獵，在她的引導下，羅獵對操縱精神力的領會突飛猛進。龍天心並沒有誇張，循著電路追根溯源是件極其痛苦的事情，意識所承受的痛苦比肉體更加透徹。

羅獵感覺到自己不停遭受著電擊，他的精神力每延伸一段距離承受的痛苦就會成倍增加。龍天心雖然沒有親力親為，可是看到羅獵額頭不斷滲出的汗水已經知道他所承受的痛苦，龍天心不敢輕易打擾羅獵，因為此刻的打擾很可能導致羅獵功敗垂成，甚至會讓他陷入莫大的危險中。

龍天心雙手抱住肩頭，在房間內不停地走動，目前也只有依靠這個辦法來維持身體的溫度，室內的溫度已經達到了攝氏零下十五度，她感覺自己的血液就快凝結。

寒冷讓她的思維也變得緩慢，腦海中出現了許多無意識的影像片段，竟然浮現出羅獵擁抱親吻自己的場景，龍天心俏臉發燒，可很快就從羞澀變成了惶恐，因為她意識到影像中的女主角絕非自己，而是顏天心，這些影像片段是來自於顏天心的回憶，連她都不明白，顏天心的意識已經被雄獅王粉碎瓦解，按理說早就該蕩然無存，可為何至今仍然會對自己造成影響？

龍天心將此歸咎為自己曾經讀取顏天心意識的緣故，讀取的過程造成了記憶複製，這種複製是在她毫無察覺的狀況下發生的，如果她知道會有這樣深遠的影響，當初就不會冒險這麼做。

龍天心想到了死，雖然她曾經不止一次遭遇險境，也不止一次遭遇到背叛，可這次卻是她距離死亡最近的一次，她不得不把生的希望全都寄託在羅獵的身上，如果羅獵失敗，她必死無疑。

溫度仍然在急劇下降，龍天心的意識開始變得模糊，她提醒自己千萬不能睡過去，如果在這種狀況下昏睡過去恐怕再也沒有醒來的機會。她看到了一張模糊但熟悉的面孔，龍天心想要叫出羅獵的名字卻怎麼都說不出口，終於她還是昏迷了過去……

龍天心做了一個極其漫長的夢，夢中她成為了顏天心，嫁給了羅獵，陪著羅獵回到了蒼白山，在哪裡男耕女織，花前月下，她甚至為羅獵生育了一對兒女，夢中的他們是幸福且快樂的。

任何的美夢都有甦醒的時候，龍天心也是一樣，當她醒來，發現已經離開了困住他們的房間，她不知道在自己昏迷的這段時間，羅獵是利用怎樣的辦法帶她逃脫出了室外，不過有一點她能夠斷定，羅獵的精神力比她想像中更為強大。

羅獵看了她一眼，並沒有說話，其實在龍天心出現甦醒跡象的時候他第一時間就已經察覺到。

龍天心活動了一下四肢，扶著牆壁站起身來，輕聲道：「沒想到我們還活著。」

羅獵道：「供電系統出現了短路，然後短時間內整個系統開始重啟。」

龍天心道：「我們是怎麼逃出來的？」

羅獵道：「我剛剛看到了你輸入的密碼。」

龍天心點了點頭，她稍稍心安了一些，如果在自己昏迷的時候，羅獵入侵了自己的腦域，那才是最可怕的事情。她穩定了一下情緒道：「我們離開這裡。」

羅獵道：「我剛剛檢查過，所有的通道都被封閉，而且中控系統找到了鎖止破壞。」

龍天心道：「的確是有些麻煩。」

羅獵道：「你好像經常遭遇到背叛。」

龍天心並沒有被他的這句話刺激到，反而笑了起來：「是啊，總是會被人背叛，還好有你幫我。」

羅獵直言不諱道：「我並不想幫你，應該說是被你連累。」

龍天心道：「無論怎樣我都欠你一個莫大的人情，我發誓，以後絕不再做對不起你的事情。」

羅獵淡然一笑，對龍天心的承諾他根本不會當成一回事。

龍天心知道他的意思，提醒羅獵道：「林格妮還在外面，那群反叛者不會放過她。」她是故意在刺激羅獵。

羅獵其實也在擔心這件事，但是在龍天心的面前並沒有表露出來過度的緊張，其實事到如今，他緊張也是沒用，如果艾迪安娜膽敢對林格妮不利，那麼他會讓她付出百倍的慘痛代價。

從本質上來看，龍天心和艾迪安娜並沒有任何區別，這些人都是野心勃勃，以自身利益最大化為終極目標，在必要的時候會毫不猶豫地犧牲其他人的生命。只要離開了囚室，龍天心就有啟動備用系統的方法，她進入備用控制室，重新取得對秘密基地的控制權，在她獲得控制權之後的第一件事就是檢查時空之門。

讓龍天心目瞪口呆的是，她耗費莫大心血建成的時空之門已整個被人搬空。羅獵望著這間空蕩蕩的地下工廠低聲問道：「這就是你所說的時空之門？」龍天心望著眼前空蕩蕩的一切，整個人幾乎就要崩潰，她雙手緊緊握住欄杆，尖聲叫道：「賤人！我會將你碎屍萬段！」

艾迪安娜拍了拍林格妮的肩膀，指了指窗外，意味深長道：「跟他們道別吧？從今以後再也不會有人來救你！」

林格妮用力咬著嘴唇，竭力控制住自己的眼淚不要落下來，她不想在敵人面前表露出自己的軟弱。

坐在副駕駛座上的黑衣男子緩緩轉過身來，他是明華陽。

林格妮目眥欲裂，眼看著殺害父母的真凶竟然好端端出現在自己的面前，而她卻沒可能復仇，內心實則痛苦到了極點。

明華陽微笑道：「妮妮！想不到我們還有見面的機會。」

林格妮的雙眸已經被仇恨的怒火染紅。

明華陽道：「人要懂得順勢而為，你的父母不是死在我的手裡，而是死在他們的執迷不悟。」他深深吸了一口氣道：「只有真正的卑鄙者才能夠活到最後。」他說出這番話的滋味非常複雜，因為他所指的並不是自己，真正的勝利者另有其人。

在沈忘憂的記憶中，這是來到秘密基地之後羅佳宜第一次主動跟他說話：「我們要去什麼地方？」

沈忘憂搖了搖頭，他不知道，事實上這次是全員轉移，他們只是處於訓練期的學員，沒有機會接觸到核心的秘密，他所知道的是這座秘密基地被放棄了。

蓬！基地因爆炸而掀起沖天的沙浪，所有轉移的人員都望著下方接二連三升騰而起的沙浪，意識到這座秘密基地已經不復存在了。

爆炸開始之時，羅獵在龍天心的引領下進入了核心實驗室的一座拱門，龍天心啟動拱門的時候，接二連三的爆炸也開始發生，拱門光華流動，銀白色的光芒包繞他們的身體。

羅獵的視野變得白茫茫一片，不過並沒有經過太久的時間，眼前的白光就已經消失，當他的視力重新恢復了正常，發現他們已經離開了基地，來到了一片金色的胡楊林內，羅獵用力眨了眨眼睛，還悄悄捏了自己大腿一下，確信自己並沒有看錯，周圍的一切都是現實。他實在無法搞清，龍天心究竟是利用怎樣的方法帶著他逃出困境的？

龍天心道：「記得我跟你說過的時空之門嗎？」

羅獵點了點頭，他差一點就有見證時空之門的機會，可在他們抵達核心實驗室之前，龍天心最大的秘密時空之門已經被人給整個轉移了。

龍天心道：「根據最新科技的研究，如果時空中存在兩個相同的頻率，如果我們掌握並能夠加以利用，就可以實現完美的時空跳躍，時空之門的核心機密就在於此。」

羅獵道：「如此說來，你豈不是可以回到幾天前，就有機會扭轉這一切。」

龍天心搖了搖頭道：「說得容易，可想要找到相同的頻率並沒有那麼簡單。時空中存在，空間中一樣存在，我們剛才逃生就是利用了這一原理，只是我從未想到過，這空間跳躍的裝備會真的用來逃生。」

羅獵看了看周圍道：「這裡距離你的秘密基地有多遠？」

龍天心道：「七百公里！」她的內心充滿了失落，她這些年來的刻苦經營，她凝聚全部心血製造的時空之門已經被人擄走了。

羅獵道：「那座時空之門被何人劫走？」他真正關心的是林格妮。

龍天心歎了口氣道：「西方的那個大國。」她終於嘗到與虎謀皮的滋味。

羅獵道：「你一定有追蹤他們的辦法對不對？」

龍天心搖了搖頭：「如果我沒有猜錯，明華陽一定用合作換得了活著的機會，他們下一步要去尋找玄冰之眼，只有我們搶在他們前頭得到玄冰之眼，才有跟他們討價還價的機會。」

羅獵道：「事不宜遲，馬上出發！」

第八章

冷森森的涼氣

龍天心伸手去接玄冰之眼，
手指觸及玄冰之眼頓時感到一股冷森森的涼氣，
這股冷氣沿著她的指尖瞬間就流遍了她的全身，
她下意識地想要將手移開，
手指卻如同黏在玄冰之眼上面似的，一時間無法擺脫。

慕尼克籠罩在烏雲下，馬利恩廣場上人來人往，一支來自烏克蘭的四人樂團正在激情演奏著，周圍圍觀的人很多。龍天心也在人群中站著，不過一反過去的高調和醒目，今天她穿著灰色的外套，帶著灰藍色寬幅的太陽鏡，靜靜站著傾聽著悠揚的樂曲，她的表情略顯沉重，微微皺起的眉宇顯得心事重重。

和龍天心的凝重相比，至少在外表上羅獵輕鬆許多，他從廣場的對面走了過來，飛快的步伐驚起了一群在周圍散步的白鴿。龍天心看到他的身影馬上迎了過去，來到羅獵的身邊，主動挽住他的手臂，看上去他們就像是一對情侶。

羅獵並沒有拒絕龍天心親密的舉動，低聲道：「一切正常！」他揚起了手中的兩張球票，這是今晚在安聯球場舉辦的一場歐洲杯的小組賽，玄冰之眼就藏在安聯球場。

龍天心最擔心的就是明華陽會回來取走玄冰之眼，可從目前來看，明華陽似乎喪失了這段記憶，她猜到一定是羅獵在明華陽的腦域中做了手腳，希望明華陽永遠不要想起才好。

羅獵提議道：「我們可以先去吃飯，然後乘電車前往安聯。」

龍天心抬起手腕，看了看時間，距離開場還有五個小時，她點了點頭，提醒羅獵道：「一旦找到玄冰之眼，就會觸動報警裝置，就算你已經抹去了明華陽的部分記憶，可我相信他也很可能會在第一時間接到報警，從而鎖定我們的位置。」

羅獵點了點頭，他之所以選擇在開賽日去取出玄冰之眼，目的就是要趁著人潮洶湧渾水摸魚，就算被對方發現，也容易逃脫。

慕尼克擁有世界一流的啤酒，可是飲食方面卻很一般，除了烤豬肘這道眾所周知的國民菜，羅獵和龍天心分享了一隻烤豬肘，德意志人在有些方面過於執著，他們認為食物口味的重點在廚具而不是廚師的手藝，於是在研究製造廚具上投入了過多的精力和熱情，事實上他們同樣擁有世界一流的廚具，可是他們烹飪業的普遍水準仍然無法躋身世界前列。

羅獵操著流利的德語和服務員交談著，龍天心一旁微笑望著，其實羅獵真的有很多的優點，可偏偏他時常和自己處於對立的兩面，如果他們能夠攜手並進，對付任何的敵人都不在話下，只是這世上不盡如人意之事十之八九。自己和羅獵的目的完全不同，目前羅獵心中最重要的是林格妮，他之所以選擇跟自己合作，就是想要通過玄冰之眼的線索來尋找林格妮。必要的時候，他甚至會不惜利用玄冰之眼交換，而這樣的行為恰恰是自己無法接受的。

龍天心的心情起伏不定，然而眾叛親離的她又似乎沒有了其他的選擇。

羅獵的目光終於回到了她的臉上，龍天心將目光投向窗外，看似無意，其實卻在故意迴避，她擔心羅獵看透自己此刻的心思。

羅獵道：「人我一定會救，我希望你能夠踏踏實實地幫我。」

龍天心知道他已經看透了自己，回過頭冷冷望著羅獵道：「我為什麼一定要幫你？」

羅獵道：「就算咱們將東西取回，你一樣無法成功，只有我能幫你。」

龍天心呵呵冷笑道：「你知道我想要什麼？」

羅獵道：「你想回去，如果沒有我幫你，你沒有任何的機會。」

龍天心靜靜望著羅獵，好一會兒方才舉起了啤酒杯和羅獵碰了碰道：「我信你一次。」其實她明白羅獵的誠信沒有任何問題，只要他答應過的事情就一定會幫自己做到，反覆無常的那個人恰恰是自己。

羅獵微微一笑，他將龍天心的這句話理解為屈服，事實上她已經沒有了其他的選擇。

同樣是穿越時空而來，兩人的境遇卻有著天壤之別，羅獵方方面面的能力隨著時間的推移在不斷恢復甚至增長著，而龍天心的狀況遠不如她的外表來得光鮮，她如果不儘快離開這裡，等待她的只有徹底的消失。

安聯球場早已成為慕尼克的地標建築，距離球賽開場還有兩個小時，球場外已經圍滿了熱情高漲的球迷，兩支隊伍的球迷穿著支持隊伍的球衣，揮舞著披巾，高唱著隊歌，正式比賽還未開始之前，一場來自於雙方球迷的氣勢比拚已經開始。

羅獵和龍天心對足球運動本身都沒有太多的興趣，不過身處在這歡樂的海洋中，仍然難免被周圍熱情洋溢的氣氛所感染，他們隨著球迷入場，羅獵事先選擇的位置就是明華陽用來藏匿玄冰之眼的地方。

明華陽在心理學方面也有一定的研究，在安聯球場這種地方，雖然人數眾多，可是所有人的關注點都在球場上，很少有人去在意他們的腳下有什麼？

球賽正式開始之後不久，天空就下起了雨，羅獵撐起雨傘，龍天心就勢趴在了他的懷中，現場不乏親密偎依的情侶，球迷們大都關注著球場上的爭奪，少有人去關注別人在做什麼。

龍天心趴在了羅獵的大腿上，她的右臂下垂，機甲手套可以將她的力量提升十倍，此時球場上打進了第一粒入球，在球迷們山呼海嘯的歡呼聲中，龍天心一拳擊碎了座椅下方的堅硬地面，這一拳的震動被淹沒在球迷們跺腳蹦跳的動靜之中。

龍天心拂去碎石，看到了下方的金屬面板，密碼箱果然藏在這裡，手套的食指前方探出一根金屬刺，從密碼箱的資料口探伸進去。

球迷們從剛才那一粒進球的激動中漸漸平靜下去，羅獵左側一位金髮碧眼的德意志女郎朝他看了過來，看了看他又看了看趴在羅獵大腿上的龍天心，充滿曖昧地笑了起來，然後伸出舌頭舔了舔嬌豔得有些誇張的紅唇。

羅獵知道她一定誤會了什麼，有些不好意思地笑了笑，手落在龍天心的身上輕輕拍了拍。

龍天心不知道外面的狀況，仍然在緊張破譯著密碼。

此時又一粒進球產生了，龍天心再次感受到全場的熱情，在這次歡慶的浪潮中，她成功打開了密碼箱，從中取出了一個高爾夫球大小的灰色球體。龍天心稍稍整理了一下，重新坐正了身子。

羅獵從她的表情就猜到她已經成功得手。

龍天心道：「走吧！」

羅獵搖了搖頭，伸手攬住了她的肩頭，他不但不準備走，而且還不允許龍天心現在就走。

龍天心小聲道：「現在不走恐怕就來不及了。」

羅獵道：「不怕暴露，就怕他們不來。」

龍天心歎了口氣，其實她早就猜到這個結果。

讓羅獵失望的是，直到球賽結束都沒有發現任何的異常狀況，此時雨下得越來越大，龍天心挽住他的手臂隨著退場的人群離開安聯球場，羅獵道：「有沒有覺得奇怪？」

龍天心搖了搖頭，她才不覺得奇怪，巴不得沒有引起對方的注意。

羅獵道：「沒理由啊，我們已經得到了那東西，為何沒有引起任何的反應？」

龍天心道：「可能他們的警報系統失靈，也可能……」她忽然停下說話，想到了一件可怕的事情，會不會有人捷足先登取走了玄冰之眼，自己現在得到的這個是假的？她的手下意識摸了摸玄冰之眼，雖然明知這灰色的球體只是一個外殼，內心中仍然不免忐忑。

羅獵此時卻停下了腳步，因為他看到了對面人群中一名帶著黑色風鏡的白髮男子宛如山嶽般傲立在前方，他就是白狼。白狼雙目皆盲，黑色風鏡閃爍著紅色光芒。

龍天心內心一沉，知道他們終究還是暴露了。

白狼舉起雙手，各自握著一把衝鋒槍，瞄準羅獵和龍天心噴射出憤怒的槍火。

羅獵和龍天心在第一時間各自啟動了護甲，在任何時候羅獵都會第一時間選擇衝鋒在前，密集的子彈落在他的身上，納米護甲有效阻擋了白狼射來的子彈。少數射向龍天心的子彈也被她的護甲阻擋，龍天心雖然沒有納米護甲防身，可是她所擁有的護甲也是集合了最頂尖科技的產品，防護力方面非常強大。

現場球迷太多，白狼射出的子彈有不少殃及無辜，那些無辜的球迷可沒有什麼防護，中彈之後紛紛倒地，現場頓時陷入一片混亂之中。

羅獵因白狼的濫殺無辜而憤怒，他如同獵豹一般向白狼衝去，前衝的過程中兩柄飛刀已經射向空中，然後在羅獵意念的操縱下轉折向下射去。

龍天心察覺到身後一股凜冽殺氣正在迫近自己，迅速轉過身去，看到一身黑色忍者行裝的黑隼正分開人群向自己衝來，龍天心怒道：「黑隼！你也背叛我！」她揚起右臂，鎖定黑隼，接連射出三顆微型粒子彈。

黑隼的身軀突然化成黑煙，粒子彈尚未命中就已經失去了目標，龍天心已經來不及收回，眼看著數名無辜者被炸得血肉橫飛，龍天心並未有任何的內疚，在她眼中早已看淡生死。

黑色煙霧在龍天心面前重新聚攏成人形，黑隼手中太刀如同流星般刺向龍天心的咽喉。

龍天心啟動護甲的飛行模式，垂直向上飛起，躲過黑隼的致命一擊，在空中迅速靈巧地盤旋，繞行到黑隼的腦後，揚起右拳照著黑隼的後腦狠狠砸去，在機甲的助力下，她的這一拳已經將攻擊力迅速提升了五十倍，別說是人，就算是一頭大象也會被她這一拳打得腦漿迸裂。

眼看著這一拳就要擊中目標，可黑隼的身軀重新化成一團煙霧，龍天心的一拳打了個空。她的手臂突然被一人抓住，龍天心吃了一驚，卻是一名身穿紅色球衣的球迷，這名球迷面如死灰，雙目佈滿了黑色的血絲，張開大嘴向龍天心咬了過去，雖然龍天心有護甲防身，仍然被眼前突然發生的一幕給嚇住了，她可以斷定此人是喪屍病毒發作。

不止是她眼前的這個人，周圍至少有十多人已經開始發作，他們撕扯著龍天心的手臂和足踝，將她團團圍住。還有一些已經發作的喪屍開始攻擊其他的球迷，現場傳來一陣陣驚恐的尖叫，場面混亂。

白狼雖然目不能視，可是他的感覺卻比過去變得更加敏銳，從背後抽出大劍，雙手揮出，將從空中射向他頭頂的兩柄飛刀盡數擊飛。

羅獵此時已經衝到白狼的近前，握緊的右拳流星逐月般擊向白狼的下頷。白狼並未閃避，擎起大劍就勢向羅獵的頭頂砍去，這一招分明是同歸於盡的打法。

白狼認定羅獵必然會後退，他可以承受住羅獵的一拳，可是羅獵就算穿著護甲也未必能夠承受得住自己的這次劍擊。而且在羅獵的身後，宛如鬼魅般的黑隼已經悄然靠近，他和白狼前後夾擊，試圖將羅獵扼殺於兩人聯手之下。

讓白狼意外的是，羅獵並未選擇後退，而是繼續前衝，利用納米戰甲的助力，前衝的速度極其驚人，他竟然直接衝入了白狼的懷中，強大的衝擊力撞得白狼胸口為之一窒息，因為突然被羅獵抱住，手中的大劍非但沒能成功命中目標，反而成為負累。

羅獵雖然沒有回頭，卻提前洞察到了來自身後的危險。

黑隼原本以為就要得手，可是羅獵的前衝瞬間拉遠了他們之間的距離，他的偷襲落空。

此時一名喪屍凌空飛了過來，黑隼反手一刀將喪屍斬為兩段，龍天心從喪屍的包圍中突破而出，剛才的那具喪屍就是被她一腳踹飛。

黑隼被她干擾，再度錯失了襲擊羅獵的良機。

白狼想要擺脫羅獵，卻被羅獵死死抱住，兩人的身體同時飛離了地面，直奔安聯球場的方向衝去。

龍天心看到眼前的一幕也啟動飛行模式，緊隨著羅獵他們向球場飛去。

羅獵糾纏著白狼，兩人從空中俯衝而下，重重落在球場的中心，將雨中的場地砸出一個深坑，四周泥漿紛飛。

白狼從地上爬了起來，身體強大的防禦力讓他並未受到任何的損傷。

羅獵從距離他十米左右的地方爬起，他也沒什麼事情，擁納米戰甲很好地緩衝了下墜對他的傷害。他和白狼有過交手的經歷，白狼是他所遇最為強大的敵手之一，上次羅獵之所以能夠擊退白狼，是採取了置死地而後生的策略。經過這段時間，羅獵對吳傑所說的忘我二字又有了更深的領悟，其實真正的忘我之境和你身穿怎樣的戰甲，手拿怎樣的武器又有什麼關係。

白狼手中大劍緩緩揮舞，瓢潑落下的雨水隨著大劍舞動的軌跡逆時針旋轉，隨著大劍舞動得越來越疾，在白狼的面前產生了一個漏斗形的漩渦，雨水都被其中的吸引力所牽引紛紛向其中飛去。

就算處在十米開外的羅獵也能夠感覺到來自於漩渦巨大的牽引力，羅獵向後退了一步，以此來減弱來自於白狼的強大吸力。在他後退的剎那，白狼身軀一震，凝聚雨水而成的漩渦從大劍之上激發而出，直奔羅獵撲去。

這透明漩渦脫離白狼的身體之後仍然繼續旋轉壯大，羅獵應變雖然很快，卻仍然沒有逃脫漩渦籠罩的範圍，身體被這雨水形成的漩渦籠罩，整個人如同陀螺般旋轉飛起。

白狼迅速跟上，揮動大劍向水流漩渦一劍劈去。

龍天心此時也飛臨到球場的上方，看到羅獵形勢危急，雙手舉起，雙臂護甲瞄準白狼射出密集的火線。

白狼的身體周圍形成了一個相對隔絕的空間，非但龍天心的攻擊無法進入其中，甚至連密集的雨水都無法滲入分毫，他前進的速度不減，大劍猛地劈落在水流漩渦之上。

龍天心發出一聲驚呼，羅獵現在就置身於水流漩渦之中，白狼的這一劍將漩渦從中劈成兩半，不過龍天心很快意識到自己的擔心是多餘的，在白狼劈開漩渦之前，一道身影已經脫離漩渦衝了出去。

羅獵並沒有戀戰的意思，向龍天心發出了逃跑的信號，兩人同時啟動了護甲的飛行模式，轉瞬之間已經飛到安聯球場的高空之中。

白狼雖然戰力驚人，可是他並沒有飛行的能力，唯有望天興歎。

黑隼向空中接連射擊，瞄得很準但是距離過遠，射程無法達到。

羅獵從空中俯瞰，安聯球場的周圍仍然亂成一團，喪屍病毒正在迅速擴展著，通往安聯球場的全部道路都已經被封鎖，空中也有數十架武裝直升機飛臨現場，軍方的反應還算及時迅速。

羅獵和龍天心沒有繼續逗留，在空中封鎖線徹底形成之前，他們及時離開。

黃昏時分，大雨初歇，羅獵推開窗戶，從窗口可以看到不遠處的寧芬堡宮，氣溫雖然有些冷了，可是空氣非常清新，寧芬堡宮前方的草坪上，三三兩兩的遊人正在漫步，幾名可愛的孩子正在湖邊餵食著天鵝，一切看起來如此的和諧，他們還不知道發生在安聯球場的事情。

羅獵雖然多半時間都在冒險，可是他更喜歡寧靜，應該說越來越喜歡，他希望生活在一個和平安寧的時代，可偏偏屬於他的時代戰火紛飛，民不聊生，他希望和家人在一起平靜的生活，現實卻讓他不得不忍受親人離散的痛苦。

他又開始受到失眠症的困擾，多想踏踏實實睡個好覺，可內心中太多的壓力和負擔，沉重得讓他幾乎喘不過氣來，在這樣的狀態下又怎能安眠？

「找到了！」龍天心的聲音打斷了羅獵的沉思。

羅獵轉身來到她的身邊，在和白狼對戰之時，羅獵雖然表面上處於下風，可卻在白狼沒有覺察的狀況下在他身上布下了追蹤裝置，這種追蹤的方法是根據獨特的能量射線追蹤，敵人不易察覺。

根據追蹤儀的回饋，目標仍然在移動中，現在已經到了柏林，羅獵皺了皺眉頭，目前還無法判斷白狼要去什麼地方？他們唯有以靜制動繼續觀察。

龍天心真正的興趣還是放在玄冰之眼的上面，可這灰不溜秋高爾夫球一樣的東西卻讓她一籌莫展，不知應當如何開啟，玄冰之眼可不是這個樣子。自從得到此物，羅獵就沒有過問，似乎他對此毫無興趣。

羅獵雖然不問，龍天心卻不能不問，她忍不住問道：「你在明華陽的腦域中有沒有發現如何開啟玄冰之眼的方法？」

羅獵搖了搖頭道：「你只是讓我找到它的位置，並沒有讓我找出開啟它的方法。」

龍天心已經難以掩飾心中的鬱悶。

羅獵向她伸出手去：「給我看看！」

龍天心明顯猶豫了一下，羅獵看出她對自己仍充滿了提防，此女機關算盡，任何時候都不會與人坦誠相待，不過也能夠看出這顆玄冰之眼對她的重要性。

龍天心終於還是將玄冰之眼交給了羅獵，羅獵將玄冰之眼托在掌心，他發現這顆灰不溜秋的珠子和紫府玉匣離水之後很像，難道和紫府玉匣一樣都需要在某種狀況下才能啟動？

羅獵道：「你過去見過玄冰之眼？」

龍天心如實答道：「曾經見過一次，大小差不多，只不過當時晶瑩剔透，質地如冰，絕非現在灰濛濛的樣子。」

羅獵道：「是不是其中的能量已經被明華陽家族全部吸收？」

龍天心道：「應該沒可能，玄冰之眼蘊含的能量極其龐大，我懷疑他們利用某種方法將玄冰之眼遮罩其中。」

羅獵點了點頭，忽然感覺胸口處有些發熱，與此同時掌心卻有一股冷氣透入，羅獵皺了皺眉頭，馬上意識到應該是玄冰之眼和自己隨身攜帶的紫府玉匣產生了感應，他並不想龍天心發現這一點，將玄冰之眼遞給了龍天心。

龍天心伸手去接玄冰之眼，手指觸及玄冰之眼頓時感到一股冷森森的涼氣，這股冷氣沿著她的指尖瞬間就流遍了她的全身，她下意識地想要將手移開，可是手指卻如同黏在玄冰之眼上面似的，一時間無法擺脫。

羅獵比她也好不到哪裡去，這顆玄冰之眼牢牢吸附在他的掌心中，羅獵反轉手掌，玄冰之眼非但沒有落下，反而將他掌心的肌膚壓得下陷，龍天心會錯了羅玀的意思，認為他想要將玄冰之眼奪走，馬上伸手將玄冰之眼抓在手中，這樣一來，兩人的手通過玄冰之眼黏在了一起。

原本灰濛濛的玄冰之眼此時竟然有了一些光彩，龍天心感覺到一股股逼人寒潮湧入體內，羅玀那邊也是一樣，不過兩人最大的不同是，寒潮湧入羅玀的體內的同時，羅玀胸口放置紫府玉匣的地方開始源源不斷地釋放熱量，熱量逼退了寒意，羅玀非但沒有感覺到難熬，反而覺得周身如沐春風，非常舒服。

短時間內，龍天心的俏臉上已經生出白色的霜華，黑長的睫毛和髮梢也結起白霜。龍天心暗暗叫苦，現在她只能希望羅玀幫助她擺脫困境，可偏偏羅玀緊閉雙目，對她目前的狀況毫無覺察。

龍天心感覺自己就快被凍僵，開始的時候她還嘗試掙扎掙脫，可很快她就被來自於玄冰之眼的奇寒氣流凍僵，除了大腦還能思考，和肢體的麻木相反，大腦的思維並沒有因為寒冷而變得遲緩。腦域中的思維變得異常活躍，讀取他人的記憶其實是一種雙刃劍，一個個奇怪的念頭湧到了她的腦域中，龍天心時而回到了遙遠的西夏，時而想到了民國，時而又回到了現在，她的自我意識也在龍玉、龍天心……顏天心之間變換不停。

自己不可能是顏天心，顏天心的意識已經被雄獅王毀滅殆盡，自己只是曾經利用了顏天心的軀殼，佔領了她的腦域世界，那空空如也的腦域世界又怎麼可能對她造成影響？龍天心反反覆覆地提醒自己，可她很快發現自己控制不住腦域中多重意識的波動，龍天心意識到，被玄冰之眼冰凍麻痺的應該是屬於她的本我意識，而顏天心的意識並沒有受到任何的影響，確切地說只是顏天心的意識投影，也就是她一度讀取顏天心意識的複製。

羅獵並不知道這會兒功夫龍天心腦域中竟然發生了那麼多的變化，他胸前的紫府玉匣源源不斷地散發出熱量，柔和的紫色光芒籠罩了他的全身，在他和龍天心雙手結合的地方，原本灰濛濛的玄冰之眼竟然彌散出淡藍色的光霧，隨著光霧不斷增強，這顆玄冰之眼也變得透明，在玄冰之眼的中心有一顆拇指大小的黑色圓球，看上去果然就像是眼球一般。

冷暖不同的兩股能量隨著血液流經羅獵的周身，彙集於脊柱，然後由下至上直沖他的腦域，腦域世界中籠罩許久的雲層迅速褪去，天地遼闊，蒼狼傲立於天地之間，周身的傷痕以肉眼可見的速度迅速癒合著。

蒼狼高高昂起頭顱，汲取著天地之間源源不斷湧來的精華。

龍天心望著近在咫尺的羅獵，忽然流下了兩行淚水，淚珠未曾來得及流下她的俏臉就已經凝結成冰，她想起了凌天堡的初次相逢，想起了九幽秘境的生死與共，想起了西夏天廟中的浴血鏖戰，她記得自己的名字本應是顏天心。

她的目光落在兩人相握的手上，執子之手與子偕老，曾經一度是她心中最美的期待，可這期待終究未能實現。

羅獵終於睜開了雙眼，首先看到的就是那兩顆已經凝結如同鑽石一般璀璨的淚水，熟悉的感覺衝擊著他的內心，雖然對方未曾言語，他卻從目光中辨認出了此刻的她。

顏天心感覺掌心傳來了一絲暖意，隨著暖意越來越濃，彙聚成一股暖流湧入她的體內，溫暖著她的身體，已經被凍僵的身體漸漸開始復甦，籠罩在體表的冰霜開始融化，那凝結在中途的眼淚，終於流了下來。

「羅獵……」她的聲音在哽咽。

羅獵點了點頭，右手仍未和她分開，握得更緊，左手伸了過去，輕輕撫摸著她的俏臉，他們離別太久，可是他從未忘記過她的模樣。

最難抹去的就是記憶，雄獅王雖然將顏天心的意識粉碎，可是並未毀壞她的腦域，龍玉公主正是通過控制顏天心的腦域才成功佔據了她的身體，甚至連龍玉公主本身都認為屬於顏天心的意識早已被她清除殆盡，可是她卻沒有想到顏天心的記憶碎片始終存在於腦域中，也從未被徹底消滅，她也從未預想到在特定的條件下，這些屬於顏天心的記憶碎片可以重新復甦。

威風凜凜的蒼狼步入了白雪皚皚的冰原，天空中懸掛著一輪蒼白的太陽，冷冷的沒有任何溫度。不遠處的冰原上，一隻羔羊蜷曲在那裡，在她的前方，一頭火狐被冰雪凝固在冰岩之中，仍然保持著即將攻擊的架勢。

蒼狼來到羔羊的面前，羔羊望著蒼狼，雙眼中沒有絲毫的恐懼，反而充滿了親切。蒼狼溫柔的目光落在羔羊的身上，伸出舌頭輕輕舔弄著羔羊身上的傷痕……

顏天心恢復了知覺，毫不猶豫地撲入了羅獵的懷中，羅獵緊緊擁著她，他們焦急地尋找著彼此的嘴唇然後激烈地吻在一起，顏天心不知自己能夠清醒到什麼時候，一旦屬於龍玉的意識復甦，那麼她會重新成為腦域世界的主人。

羅獵雖然能夠進入腦域世界，可是他無法將龍玉的意識消滅，事實上顏天心和龍玉的意識早已融為一體，毀掉一個，另外一個也會隨之被毀去。

顏天心意識到屬於自己的時間並不多，沒有人比她更瞭解龍玉，她要在屬於自己的有限時間內盡一切努力幫助羅獵，幫助他控制大局，扭轉乾坤。

白狼的目的地是東瀛，根據他的最終停留地來看，鎖定在東瀛某處。

陸劍揚已經徹底失去了沈鵬飛的消息，這讓他極其內疚。歐洲新近發生的喪屍病毒事件，讓世界各國都變得緊張，雖然基地已經從林格妮的身上得到了抗體，可目前仍然處於臨床試驗階段，並沒有開始批量生產，事實上想要走到這一步，還需要層層批示，陸劍揚這段時間大部分精力都用在了這件事上，隨著安聯球場這次的病毒爆發，陸劍揚感到越發的緊迫。

為了避免造成大範圍的恐慌事件，各國政府都將真實消息封鎖了起來，至少在目前社會秩序還算平穩。

陸劍揚心情不好的時候通常會到老太太的墓前，他感到空前的壓力和無助。站在麻雀的墓前，陸劍揚想起了許多，想起了不知所蹤的沈鵬飛，也想到了生死不明的林格妮，也許她已經不在這個世界上了。

陸劍揚認為他們的命運是自己造成的，並因此而感到自責，望著老太太慈和的面容，總覺得她目光中有責怪的成分，他意識到自己並沒有兌現當初的承諾，並沒有很好地照顧羅獵。

一個高大的身影走入墓園，陸劍揚職業的本能讓他變得警惕起來，那男子向他看來，陌生的面孔他從未見過，可目光卻透著熟悉。

陸劍揚很快就想到了一個人，目光靜靜盯住對方。

那男子也沒有迴避他眼神的意思，緩步來到麻雀的墓前，將一束花輕輕放了下去。

陸劍揚道：「我們見過？」

男子點了點頭道：「見過！」

聽到他未經掩飾的聲音，陸劍揚完全能夠斷定他就是羅獵。

陸劍揚道：「你不該到這裡來。」

羅獵道：「該不該回來是我的事情。」

陸劍揚道：「妮妮……她還好嗎？」

羅獵道：「我這次來就是為了她的事情。」

陸劍揚向周圍看了看，低聲道：「換個地方說話。」

酒吧是個嘈雜紛亂的地方，可在這種地方很少有人關注別人在幹什麼？尤其是兩個男人之間的對話，陸劍揚和羅獵相對而坐，羅獵將發生的事情簡單說了一遍，他並未暴露太多的細節，因為他認為那些細節對陸劍揚並不重要，這次來找陸劍揚就是為了尋求他的幫助，希望陸劍揚能夠幫助自己營救林格妮。

陸劍揚道：「你是說龍天心在西部沙漠中還有一個秘密基地。」其實他對此非常清楚，沈鵬飛最後一次向他發出資訊就是在這個地方，此後就中斷了聯絡。等他派人趕去之後，發現已經晚了，爆炸已經摧毀了那裡的一切，羅獵提到他和林格妮都進入過基地，這讓陸劍揚感到驚喜，憑直覺意識到羅獵應該知道不少的情報。

羅獵點了點頭道：「如今那裡應該已經被銷毀，記不記得過去我曾經問過你時空旅行的事情？」

陸劍揚端起酒杯喝了口酒，他當然記得，其實最早詢問這方面事情的是麻雀，老太太顯然是希望能夠幫助羅獵回到他的時代，陸劍揚還是誤會了羅獵的意思，帶著遺憾道：「的確有部門在進行這方面的研究，可目前只是存在於理論，至少在三十年內無法成為現實。」

羅獵道：「那座被毀的基地就有時空之門，通過那扇門可以穿越時空到達過去的某個時間點。」

陸劍揚呆呆望著羅獵，雖然沈鵬飛打入了基地內部，可是他還沒有接觸到核心的秘密，所以他也沒能夠獲得這方面的資訊。如果羅獵所說屬實，那麼這件事是極其可怕的，如果被別有用心的野心家掌握了時空之門，那麼整個人類的歷史或許就會被改寫。

陸劍揚小聲道：「都被炸毀了是嗎？」

羅獵搖了搖頭：「在爆炸發生之前，有些東西已經被轉移，妮妮也是在那裡失蹤的。」提起林格妮，羅獵始終都在擔心她的安危，他無法斷定林格妮有沒有從爆炸現場離開，無論怎樣他都要找到一個明確的結果，無論生死，他都不會放棄。

陸劍揚道：「你是說時空之門被轉移了？為什麼會發生爆炸？可不可以告訴我究竟發生了什麼事情？」

羅獵將事情的來龍去脈簡單說了一遍，陸劍揚聽完，心情變得越發沉重，他低聲道：「龍天心遭遇了背叛？」

羅獵點了點頭道：「她的那些部下找到了一個強有力的靠山。」

陸劍揚道：「你是說美利堅？」

羅獵道：「開始我也以為是，可後來我根據他們的移動目的地判斷，艾迪安娜也沒有對我說實話，他們去了這個地方。」

陸劍揚接過羅獵遞來的地圖，看到上面用紅筆重點標記的地方，不由得倒吸了一口冷氣：「福島？」這個地方他並不陌生，西元二〇一一年因為地震當地發生核洩漏事故，影響震動整個世界，核洩漏一直影響至今，雖然核污染已經有效控制在一定的範圍內，但是核心區域仍然處於隔離狀態，直到今天都沒有對普通民眾開放。

不過正因為此，這裡才是一個用來藏匿的好地方。

陸劍揚道：「你希望我能夠幫你做什麼？」

羅獵道：「普通人很難進入這一區域，所以我想你幫我。」

陸劍揚道：「怎麼幫？通過正規手續是不可能深入這一區域的，除非……」

羅獵知道他一定有辦法，不過陸劍揚顯然還在權衡利弊，他不得不考慮到因為這種行為可能導致的影響。羅獵道：「你放心，就算出了事情，也不會影響到你。」

陸劍揚歎了口氣道：「我不是怕什麼影響。」他將酒杯放下，又叫了杯酒，喝了口酒，斟酌了一會兒方才道：「你知不知道核心區周圍三十公里的範圍內輻射嚴重超標，就算是你擁有納米戰甲也無法抵擋這種輻射？」

羅獵道：「既然他們敢於進入這片區域，就證明一定有對抗的辦法。」他將一份清單遞給陸劍揚。

陸劍揚接過去，發現上面所陳列的物品大都是獵風科技的產品，當然這些產品並未公諸於眾，在龍天心出事之後，就被嚴格管控了起來。

陸劍揚道：「你要我幫你搞到這些？」

羅獵點了點頭道：「我想你應該有辦法，而且這些東西全都來自於獵風科技，就算查也查不到您的身上。」

陸劍揚再度陷入沉思中，過了好長一段時間，直到他喝完第二杯酒，方才點了點頭：「我可以幫你，不過我也有個條件。」

羅獵道：「什麼條件？」

陸劍揚道：「我要你幫我救一個人。」

羅獵本以為他讓自己去救林格妮，可是陸劍揚接下來的話卻讓他大吃一驚：「沈忘憂！」

沒有人比羅獵更加清楚沈忘憂是自己的父親，他曾經見過沈忘憂其人，可是他並不清楚陸劍揚和沈忘憂之間的關係，難道父親是他的部下？

陸劍揚道：「沈鵬飛頂替了沈忘憂的身分，我派他打入敵人的內部，可是在西部基地爆炸之後，就失去了和他的聯絡，我希望你這次前往行動，務必關注他的行蹤，如果他活著，一定把他帶回來。」

羅獵感覺上天給自己開了一個莫大的玩笑，現在頂替沈忘憂身分的居然是沈鵬飛，難道他才是自己的親生父親？確定這一點並不難，他低聲道：「我需要關於他的全部資料。」

潛艇在漆黑的海底行進，這艘潛艇體型不大，乍看上去就像是一條黑色的鯊魚，特殊的塗裝可以讓它有效避過雷達的掃描，潛艇是獵風科技的產品，龍天心的獵風科技擁有著龐大的研發部門，其研發能力甚至不次於世界上任何一個強大的國家，公諸於世的產品只占其中的一小部分。

顏天心熟練檢查著潛艇的狀況，龍玉讀取她記憶的同時，她也對龍玉有了全面的瞭解，她和龍玉公主在潛意識中已經密不可分融為一體，如果不是玄冰之眼暫時凍結了龍玉公主的意識，單憑顏天心破碎的意識或許永遠無法佔據上風。

羅獵在一旁靜靜望著她，他的內心中充滿了擔憂，擔心龍天心的意識會突然覺醒，再次佔領上風，而顏天心剛剛復甦的意識會再度被封閉囚禁。

顏天心眼角的餘光看到了羅獵的憂鬱，她笑道：「心情不好？」

羅獵道：「不知有多高興！」

顏天心盯住他的眼睛：「你騙不了我！」主動握住羅獵的大手道：「你擔心

我會突然變成龍天心對不對？」

羅獵這次沒有否認，他點了點頭，其實在他進入顏天心腦域的時候，的確生出毀滅龍玉意識投影的想法，可是他又擔心那樣的後果是不可收拾的，因為顏天心和龍玉公主兩人的意識早已融為一體，共生共存，無論她們是否情願，她們都已經無法分離。

顏天心雖然恢復了本我的意識，但是她的性情和過去還是有了許多的不同，在她影響龍玉的同時，龍玉也在影響著她，正如龍玉穿越時空來到這一時代起了一個龍天心的名字，還仍然保持著顏天心的相貌，其實現代社會擁有的科技完全可以讓她恢復到龍玉公主過去的樣子。

顏天心輕聲道：「其實我也不知道自己是誰？顏天心還是龍玉？」她搖了搖頭，美眸溫柔地望著羅獵道：「我只知道一件事，我愛你！」

羅獵心中一暖，展開臂膀將顏天心擁入懷中，腦海中忽然浮現出幾位同生共死紅顏知己的影子，他低聲道：「你不在的這些年發生了許多事，我……」

顏天心道：「不重要，能夠和你重逢已經是上天的恩賜，其他的任何事我都不在乎。」她忽然感覺到一陣心神不定，這樣的感覺幾乎每天都會有幾次，她知道是腦域中龍玉公主的意識正在掙扎抗爭。

取出那顆玄冰之眼，感受著玄冰之眼滲入體內的陣陣寒意，顏天心很快就鎮定了下來，龍玉公主萬萬沒有想到，她費盡千辛萬苦得到的寶物，最終成了困住她的牢籠，上演了一齣真實的作繭自縛。

顏天心平復之後，向一臉關切的羅獵笑了笑道：「她真的聰明絕頂，已經成功計算出幾個時空頻率，其中一個就是屬於你……」停頓了一下，羞澀地笑了笑道：「我們的時代。」

羅獵道：「如此說來只要找回時空之門，我們就能夠回去。」

顏天心道：「應該如此，尋找玄冰之眼是因為玄冰之眼能夠吸收能量，通過玄冰之眼吸收積蓄的能量提供給時空之門，就可以提供足夠的能量，也只有這樣才能讓時空之門產生相應的頻率，實現定點時空跳躍。」

羅獵心中暗忖，如此說來玄冰之眼和紫府玉匣的功用差不多，既然玄冰之眼能夠做到，紫府玉匣也應當可以做到，相比較而言似乎紫府玉匣的能力更為強大。

顏天心翻閱著資料，時間對她而言非常的緊迫，她有一點並沒有告訴羅獵實情，在她的內心深處有一種深重的危機感，她感覺到龍玉的意識在一天天變得強大，終有一天，龍玉的意識會再度佔據上風，重新控制腦域，奪回對身體的控制權，一旦發生那種狀況，自己就會不得不成為羅獵的對立面。

羅獵在一旁看著螢幕，螢幕上的圖譜看起來很熟悉，突然一頁圖譜劃過，羅獵道：「返回！再看一遍！」

顏天心按照他的要求返回，螢幕上出現了一尊尖塔，羅獵向前湊近了一些，他幾乎能夠斷定這尖塔就是他和林格妮在尋找神泉的過程中遇到的那一尊，當時也是通過這尊塔，他們兩人方才逃離困境。

「通天塔！」顏天心喃喃道。

第九章

了無遺憾

素來堅強的林格妮，忍不住流下了眼淚，
她從未動搖過羅獵會來營救她的想法，
只是她擔心羅獵在秘密基地的那場爆炸中遇害，
流淚不是因為害怕，而是因為欣慰和感動，
其實她現在狀態越來越不好，她預感到自己死期將至，
只要羅獵活著，她就了無遺憾。

羅獵努力回憶著這個名字，通天塔是古巴比倫的一座建築，可此通天塔非彼通天塔，兩者只是名稱相同，彼此之間並無任何的聯繫。羅獵終於從記憶深處搜索通天塔的出處，這幅圖之所以引起他的注意是他親眼見過，可他當時並不知道這是通天塔，顏天心認出通天塔之後，羅獵方才將兩者對應起來。

通天塔的名字他還是從東山經中看到，只是他所見過的半部東山經並未詳盡說明通天塔的資料。

顏天心擁有龍玉的全部記憶，所以她才能一眼就認出通天塔。

顏天心解釋道：「根據東山經的記載，這世上一共存在著七座通天塔，它們彼此相連，只要進入其中的一座就會被傳送到相應的另外一座，在不同空間之中來回穿梭。」她說完又搖了搖頭道：「應該是傳說罷了。」

羅獵道：「也許不是傳說。」

顏天心詫異地望著羅獵，從羅獵的表情她明白了什麼，輕聲道：「你見過？」

羅獵點了點頭，給了她一個確定的答案，只是在羅獵看來他上次見到的通天塔並沒有顏天心所說的那麼神奇，的確擁有一定的時空穿梭能力，確切地說應該是讓時光倒流，可倒回的時光有限，至多只能回到幾分鐘之前。

羅獵道：「我不但見過我還進去過，每次進入塔內就會稀裡糊塗地倒回到幾分鐘之前，我也搞不清究竟是什麼原因。」

顏天心道：「奇怪，按照東山經的記載，進入塔內就會被傳送到另外一尊塔內，你怎麼會發生這樣的情況？」

羅獵道：「你不是說一共有七座通天塔，可能是兩兩配對，我恰恰進入了孤零零的一個，又或者和它配對的那座通天塔剛好被毀掉了。」

顏天心聽他說得也有些道理，現在通天塔也不是他們關注的重點。

突然一條醜陋的大魚迎面撞擊在潛艇的舷窗之上，艇身為之一震，兩人抬頭望去，這應該是一條石斑，不過周身長滿了大大小小的疙瘩，顯得異常醜陋，身長也在兩米左右，在福島發生核洩漏之後，周邊的海域遭到了污染，許多海洋生物因為受到輻射所以產生了基因突變，越是接近核心區域，看到這些物種的頻率就越高。

顏天心皺了皺眉頭，看到這醜陋的生物有些影響心情，羅獵打開一瓶可樂遞給了她，顏天心接過喝了一口，潛艇的聲納系統有了提醒，在他們的上方正有一艘潛艇通過。

顏天心迅速熄滅燈光，他們的潛艇體型較小，便於隱藏。

根據預警系統的投影，可以看到從他們頭頂上方約一百米處經過的是一艘長約五十米的大型潛艇，這一帶已經是東瀛近海，這艘潛艇應該屬於口方。

等到那艘潛艇遠去，雷達螢幕上消失蹤影之後，顏天心方才重新開了引擎，他們的這艘潛艇雖然不大，可是功能齊備，擁有著超強的深潛能力，在臨近輻射區的海域，他們探測到了一道水泥牆，這堵水泥牆是為了防止核洩漏向深海蔓延所設立，儘管採取了種種措施，仍然無法從根本上解決當年的那場核洩漏，其影響深遠一直遷延至今，也許只有時間才能將一切改變。

顏天心駕駛者潛艇沿著水下的這堵巨牆緩緩移動，通過潛艇的遙感探測系統在巨牆上發現了一條足以容納潛艇通過的裂縫，不知這條裂縫是人為破壞造成還是工程的品質本身就不過關。

潛艇進入裂縫，隨著深入輻射指數也開始迅速增加，身在潛艇內部並不用擔心會受到輻射的危害，這艘潛艇擁有著強大的防輻射能力。不過為了謹慎起見，他們兩人還是提前穿上了護甲，在陸劍揚的幫助下，護甲也進行了防輻射處理。

潛艇穿過厚達二十米的牆壁，進入內側海域，就看到前方游動的鯊群，這些遭受輻射後發生突變，體型都在五米以上的鯊魚成群結隊地巡弋著，承擔著輻射核心區衛兵的角色，小小的闖入者馬上引起了群鯊的注意，牠們的小眼睛鎖定在潛艇上，露出凶殘的目光，然後向潛艇蜂擁而上。

顏天心已經迅速解除潛艇的自動模式切換為手動模式，操縱潛艇從兩頭巨鯊之間的縫隙中衝了出去，兩頭巨鯊因為慣性而撞在一起，這些輻射變異的鯊魚雖然體型比通常的鯊魚要龐大，可是體型增大的同時也影響到了牠們行動的靈活性。

雖然如此，鯊魚的數量太多，想要在數十條巨鯊群起而攻之的場面下逃離也不是一件容易的事情，顏天心操縱潛艇的技術出神入化，羅獵在副駕駛的位置上繫好了安全帶，身體隨著潛艇時而倒翻時而旋轉，如果不是因為他體質超強，恐怕早已在逃離的過程中頭暈目眩。

顏天心雖然沒有耗費一槍一彈，可仍然成功從群鯊的圍堵中逃離，擺脫鯊魚群之後，馬上加快潛艇的速度，繼續向輻射核心區挺進。

前方光芒閃爍，在海底出現了一個巨大的蝶形建築，他們終於發現了敵方位於海底的秘密巢穴，根據追蹤信號顯示，白狼就在這裡。對方能夠想到在被廢棄的核電站遺址藏身，的確超出了很多人的想像。

按照正常人的想法，誰也不會選擇這種危機四伏的地方。

蝶形建築物的周邊有十多個潛艇泊位，從高處俯瞰如同伸出的一條條觸角，這個角度看上去秘密巢穴如同一隻趴在海底的巨大章魚。顏天心將潛艇停靠到六號泊位，除了剛才所遇的鯊魚群，他們並沒有遇到其他的阻攔，可這並不代表著對方毫無察覺。

在艙門鎖定之後，六號泊位的艙門自動打開，羅獵和顏天心對望了一眼，他們都知道行藏已經暴露了。

潛艇的操縱螢幕上露出艾迪安娜的笑臉：「真是踏破鐵鞋無覓處，得來全不費工夫，我本打算到處去找你們，想不到你們居然自己送上門來了。」

顏天心知道自己重新佔領腦域的秘密對方並不清楚，她冷冷道：「叛徒，我待你不薄，你因何要背叛我？」

艾迪安娜呵呵笑道：「背叛？在你眼中我們無非是你利用的工具罷了，只要你需要，隨時都可以犧牲我們的性命，你根本不會在乎，我們所有的痛苦都是你帶來的！」說到這裡她臉上的笑容已全部消失，取而代之的是刻骨銘心的仇恨。

顏天心道：「你幕後的主使原來是東瀛，北美方面只是你用來迷惑眾人的幌子。」

艾迪安娜道：「你能做到的，我一樣可以做到。」她怒目圓睜：「交出玄冰之眼，我或許可以考慮放你們一條生路。」

顏天心笑了笑，然後果斷關掉了通訊系統。

兩人離開潛艇進入了六號泊位，通過艙門就能夠進入這座蝶形建築的內部。

他們並沒有走出太遠的距離，就看到了白狼，白狼站在通道的中央，宛如一堵小山一般擋住了他們前行的道路。

白狼這次卻不是要跟他們決鬥的，他雙手負在身後，聲音低沉道：「你們只要交出玄冰之眼，就能活著離開。」

羅獵道：「我們可以把玄冰之眼交給你們，不過有個條件。」

白狼點了點頭：「跟我來！」

羅獵的條件對方已經明白，他想要換回林格妮，如果林格妮平安無事，他會答應這場交易，可如果林格妮有任何損傷，這場交易就不可能實現。

跟隨白狼走過長長的通道，進入上行的電梯，電梯的讀數來到十九停下的時候，走出去是一個平台，在平台的上方十米左右的地方懸掛著一個鐵籠，林格妮就被囚禁在鐵籠之中。

亮起的燈光刺激到了林格妮，她努力睜開雙目，聽到羅獵呼喚自己名字的聲音，她抓住鐵籠向下方望去：「羅獵……」

羅獵用力點了點頭：「不用怕，我來了！」

林格妮用力點了點頭，素來堅強的她卻忍不住流下了眼淚，她從未動搖過羅獵會來營救她的想法，只是她擔心羅獵在秘密基地的那場爆炸中遇害，流淚不是因為害怕，而是因為欣慰和感動，羅獵活著，他平安無事，其實她現在的狀態越來越不好，她預感到自己死期將至，只要羅獵活著，她就了無遺憾。比起自己的處境她更加擔心羅獵，因為羅獵面對的不是普通的敵人，雖然龍天心和羅獵站在一起，林格妮並不相信她會和羅獵真心合作。

羅獵向白狼道：「把她放了！」

白狼並沒有說話，卻聽到一個聲音從頭頂傳來：「交易從來都是公平的，我怎麼知道玄冰之眼在你的手中？」羅獵循著聲音傳來的方向望去，看到前方出現了明華陽的全息投影。

顏天心揚起右手，她的手中握著那顆玄冰之眼。

明華陽呵呵笑了起來：「龍天心，你機關算盡到頭來還不是為他人作嫁衣裳？」

顏天心道：「大家彼此彼此，你的狀況又能比我好到哪裡去？」她看出明華陽現在的狀況也是被人所制。

明華陽道：「鷸蚌相爭漁人得利！」他的感慨不是沒有原因的，如果不是龍天心和他相互爭鬥，也不會被其他勢力鑽了空子，現在他和龍天心無疑都已經成為了失敗者。

白狼道：「先把玄冰之眼交給我。」

顏天心不屑望著白狼道：「你當我那麼好騙？先放人，否則這筆交易取消！」他們身在敵人的巢穴中心，算準了對方一定會有花樣，就算交易之中沒有任何的問題，也無法保證交易之後他們能夠順利離開。這筆交易他們本身處在逆勢之中，所以必須要盡可能地爭取多一些主動。

白狼沒有馬上回答，停頓了一下方才點了點頭，羅獵從他的動作判斷出他是在等待指示，得到同意之後方才做出表態。

囚禁林格妮的鐵籠緩緩從空中落下，鐵籠落在平台上之後籠門開啟，現在的林格妮身體極度虛弱，甚至連站起來的力氣都沒有，羅獵走過去將她從裡面抱了出來，林格妮顫聲道：「傻子……你為何要來……不值得……不值得……」

羅獵貼近她的面頰，低聲道：「我說過一定要治好你。」他曾經進入過明華陽的腦域，已經找出了治癒林格妮的辦法。

顏天心在羅獵救出林格妮的過程中沒有一秒敢放下警惕，還好白狼在整個過程中並無異動。

白狼道：「現在可以將玄冰之眼交給我了！」

顏天心笑了笑道：「沒有問題。」她將玄冰之眼忽然向前方扔了出去，灰色的球體在空中劃出一道銀灰色的軌跡，然後向底部墜落。

白狼的身體飛掠而出，伸出右手想要在那灰色球體落地前將它抓住。

羅獵抱起林格妮，和顏天心一起迅速向電梯跑了過去。

此時黑隼的身影出現在電梯前方，他手握太刀身軀一晃，從他的身後出現了六名和他幾乎一模一樣的忍者。

顏天心端起鐳射槍瞄準那群忍者射擊，紅色的鐳射光線射向目標，羅獵在最短的時間內將一隻手環套在了林格妮的手腕上，幫助她啟動了納米戰甲系統，這是為了避免林格妮被流彈所傷。

黑隼騰空躍起，手中太刀向顏天心的頭頂力劈而下。

一道閃亮的刀光閃過，撞擊在太刀之上，噹的一聲，火星四處迸射，卻是羅獵及時射出一刀，為顏天心阻擋了黑隼的一刀。他大聲道：「幫我照顧妮妮！」從背後抽出太刀徑直衝向黑隼。

兩柄太刀猛烈地撞擊在一起，雙刀交錯彼此的身軀都是一震，兩人的力量相若，黑隼刀身一側，沿著羅獵手中太刀的刀身向下滑落，兩柄太刀因劇烈摩擦而激蕩出一條火星組成的軌跡。

羅獵看破了他的意圖，手腕反轉將黑隼的刀身壓在了下方。黑隼肩頭向羅獵撞去，羅獵毫不畏懼，他本身的力量就不次於黑隼，再加上有納米戰甲防身，如果硬碰硬相撞，自信不會落在下風，蓬！他們肩頭相互撞擊在一起，黑隼被撞得一個踉蹌，向後退了幾步，方才站穩腳跟。

此時六名忍者已經在羅獵的周圍形成了包圍。

顏天心扶起林格妮，關切道：「走得動嗎？」

林格妮並不知道她現在的狀況，沒好氣道：「不用你管……」語氣雖然強硬，可是身體卻不爭氣，想要擺脫顏天心，卻依然軟綿綿沒有任何的力氣。

顏天心舉槍射中一名忍者的頭部。

羅獵擋住黑隼的又一次攻擊，反手一刀將一名忍者的腦袋齊根削斷。

白狼終於成功抓住那顆灰色的圓球，可剛剛抓在手中，圓球就已經爆炸開來，爆炸聲中火光將白狼包圍。

白狼在失去雙目之後，其反應能力比起此前要快上一倍。雖然如此他仍然沒有完全逃過這次爆炸，頭髮被爆炸燃起的火光熏得焦糊一片。

羅獵和顏天心當然不會將那顆玄冰之眼輕易交出去，其實即便他們交出去，也是一樣的結果，對方也不會任由他們離去。

爆炸並沒有炸死白狼，他魁梧的身軀利用爆炸的衝擊波飛撲在一旁的牆壁上，並攀附在上方。

艾迪安娜的聲音響起：「我給過你們機會，既然你們不要，那就休怪我無情。」

林格妮忽然發出一聲尖叫，單膝跪倒在了地上，顏天心想要將她從地上拉起來，卻被林格妮一拳擊中了腹部，顏天心猝不及防，被林格妮的這記重拳打得橫飛出去，跌落在平台的邊緣，因為慣性繼續向下方滑去，她掙扎著抓住平台的邊緣。

林格妮緩緩站直了身體，她解除了身體的護甲，俊俏的面孔上充滿了無情的殺機，昔日深情的雙眸也變得冷漠無比，目光鎖定了羅獵。

艾迪安娜的全息影像出現在林格妮的身邊，她望著林格妮小聲道：「殺了他！」

林格妮從地上撿起一把染血的太刀，然後向羅獵走了過去。

羅獵的內心充滿了痛苦，林格妮失去了本來的意識，這幫卑鄙無恥的小人竟然將林格妮變成了一個殺人武器。

顏天心抓住平台的邊緣，她想要啟動戰甲的飛行模式，卻發現戰甲的功能因為受到干擾而紊亂，敵人考慮得非常周到，她的雙臂又痠又疼，可是她不敢放手，從這裡距離下方的地面至少有五十米的高度，如果摔下去就會性命不保。

黑隼一步步走向平台的邊緣，慢慢揚起太刀，準備向平台邊緣的雙手砍去。一道寒芒從他的頭頂向下射落，卻是羅獵在緊急關頭控制飛刀向黑隼發動攻擊。

黑隼一刀向飛刀劈去，可太刀還未靠近飛刀，飛刀卻陡然拐了一個彎，然後向他的頸部抹去。

林格妮全力舞動太刀向羅獵劈斬而去，羅獵擋住她的這一刀，大吼道：「妮妮，你清醒一些！」

艾迪安娜的全息影像爆發出一陣狂笑：「她怎會聽你的話？」

林格妮機械地向羅獵揮出了第二刀。

黑隼招架飛刀的時候，顏天心終於成功爬了上來。

羅獵擋住了林格妮的第二刀，林格妮縱然在藥物的輔助下仍然無法對羅獵構成傷害，只是因為羅獵不忍對她下手所以才造成了處處被動的局面。

林格妮的攻勢變得越發瘋狂，羅獵一邊抵擋一邊後退，然而此時白狼也已經回到了平台上，趁著林格妮攻擊羅獵的時候，白狼舉起大劍向羅獵的後心發動突襲。

羅獵感到身後劍風颯然，就已經警覺，他側身躲過白狼的進擊，從兩人的前後夾擊中逃脫出來，可是讓羅獵沒有想到的是，白狼竟然揮劍向林格妮砍去。

林格妮的實力羅獵已經有所領教，現在的她根本接不住白狼的攻擊。

羅獵雙手擎起太刀，重新衝上前去硬生生架住白狼的這一劍，白狼全力劈出的一劍聲勢駭人，羅獵用盡全力方才擋住，而在此時，意識迷亂的林格妮竟然挺起太刀一刀刺入了羅獵的後心。

在目前的環境下，戰甲功能被干擾而失效，羅獵的身體缺少了戰甲的防護，被林格妮的一劍透體而入，羅獵發出一聲痛苦的大吼：「妮妮……」

林格妮因羅獵的這聲大吼愣了一下，刺向羅獵身體的太刀也因此而停頓不前。

白狼趁此良機反轉劍身，向羅獵反削而去，勢要將羅獵攔腰砍成兩段，與此同時一道冷箭從對面射向羅獵，艾迪安娜手握反曲弓，鬆開弓弦，她一直都在暗處等待著機會，趁此良機她要絕殺羅獵，因為她看出羅獵比龍天心的戰鬥力要強悍許多，只要剷除羅獵，龍天心自然不在話下。

顏天心也看到羅獵命在旦夕的險境，她發出撕心裂肺的尖叫，可是她的實力一時間無法突破黑隼的阻攔。

羅獵擋住白狼的這一劍，卻無法躲過艾迪安娜的暗箭，千鈞一髮之時，剛剛刺傷羅獵的林格妮如夢初醒，她毫不猶豫地撲向羅獵的身後，為羅獵擋住了那支暗箭。

疾電般的箭鏃從林格妮的前胸射入，穿透了她的身體，染血的鏃尖從背後露出，她的身體緩緩倒了下去。

一切靜止了下去，艾迪安娜也沒有想到自己竟然會錯失這剷除對手的良機。

羅獵怒吼一聲，手中太刀刀身迸裂，然後迸裂的殘片如同被勁弩激發，如同漫天飛雨般射向白狼的身體，這次反擊出乎白狼的意料之外，白狼避之不及，身體被射中多處。

在羅獵被林格妮刺傷之後，一股溫暖的能量從他的胸口注入到他的體內，迅速向傷口處匯入，這是來自於紫府玉匣的能量，羅獵和紫府玉匣之間似乎已經建立了某種默契，貼身攜帶的紫府玉匣可以感知到他的狀況。

悲憤和疼痛讓羅獵的潛力全部激發，紫府玉匣的能量加速向他的體內匯入。

白狼本以為羅獵會因為受傷實力大打折扣，可是沒想到羅獵非但沒有因受傷而實力減退，反而瞬間增加了不少，羅獵的這一拳擊中了白狼的右肋，白狼自認為強橫的身體竟然無法承受羅獵的這記重拳，他清晰感覺到自己肋骨斷裂的聲音，然後來自於羅獵這記重拳龐大的力量將他的身體打飛了出去，白狼的身體重重撞擊在後方的電梯上，手中的大劍也掉落在地上。

羅獵撿起地上的大劍，瞄準了對面艾迪安娜所在的地方，猛然投擲了出去，大劍如同標槍一般向對側的控制室射去，撞碎了控制室可以抵禦子彈的玻璃窗，艾迪安娜嚇得趴在了地上，那柄大劍貼著她的頭頂飛了出去，深深刺入控制台之中，一時間電火花四處飛濺。

照明系統遭遇破壞，周圍的燈光紛紛熄滅。

黑隼看到勢頭不妙也轉身逃離，羅獵接連扭斷了兩名忍者的頭顱，他來到林格妮的身邊，將她從血泊中抱起，林格妮蒼白的俏臉已經沒有任何血色，她艱難道：「你來了……真好……」

羅獵熱淚盈眶：「妮妮，你不會有事，我找到救你的辦法了。」他握住林格妮的手，感覺她的纖手冰冷，體溫在迅速下降著。

顏天心來到他們的身邊，看到林格妮的樣子已經知道太晚了。

林格妮道：「我……我不能跟你一起回去了……」

羅獵淚流滿面，哽咽道：「會的……會的……」

林格妮竭力抓住羅獵的手：「謝謝……我很幸福……」

黑暗中羅獵爆發出一聲撕心裂肺的悲吼。

白狼恢復的速度很快，短時間內他的身體已經恢復了正常，他不怕黑暗，因為他的世界早已是漆黑一片。

羅獵在林格妮冰冷的額頭輕輕親吻了一下，然後抱著她交給了顏天心，輕聲道：「幫我照顧她！」

顏天心含淚點了點頭。

羅獵轉身走向白狼，一字一句道：「你們每個人都要死，我不會放過任何一個。」

白狼向前跨出一步，周身的肌肉在瞬間緊繃，身體周圍的氣流急速流動，形成一層無形的護甲，揚起醋缽大小的右拳向羅獵攻去，雖然剛才被羅獵擊中，他仍然相信自己的力量要超過羅獵。

羅獵也是一拳迎擊而出，他的周身都包裹著一層紫色的光芒，顏天心望著眼前的一切也覺得不可思議，她原本還擔心羅獵的傷勢，可從現在的狀況看來，羅獵在短短的時間內也已經恢復。

白狼和羅獵硬碰硬的一拳，似乎勢均力敵，可在雙拳接觸的剎那，有一股雄渾霸道的力量從羅獵的體內衝出，白狼從未見過一個人在同一次攻擊中連續發出潮水般一波又一波的力量，而他在全力揮出這一拳之後，已經無力在短時間內積蓄第二次力量。

白狼感覺胸口如同被重錘擊中，而後一柄飛刀從他的頸後刺入他的咽喉……

廢棄的核電站荒草叢生，羅獵斬殺白狼之後並未找到艾迪安娜，這裡只是對方設下的一個圈套，他們追蹤白狼到了這裡，可是敵人早已佈局完畢。

顏天心抬起頭，天空湛藍，周圍的草地上開滿了野花，這片廢棄之地已經很久沒有人跡。

羅獵將林格妮放在開滿鮮花的草叢中，她美麗的生命已經徹底終結，羅獵本來還希望林格妮擁有的自癒能力可以創造奇蹟，可是隨著時間的推移他終於絕望。

如果能夠奪回時空之門，是不是可以讓她復生？

顏天心搖了搖頭，她粉碎了羅獵的幻想。

羅獵折斷了那支奪去林格妮生命的箭，他將鏃尖保存起來，心中默默發誓，他要用這支箭殺死艾迪安娜，以告慰林格妮的在天之靈。

顏天心輕輕拍了拍羅獵的肩膀：「其實每個人都會死，我們這種人應該比其他人更能看透生死的意義。」

羅獵搖了搖頭：「如果不是為了救我，她不會死！」

顏天心道：「我們沒有權利選擇怎樣出生，可是我們每個人都有權利選擇怎樣去死，為誰去死，我想……」她停頓了一下方才道：「她的在天之靈是幸福的。」

羅獵輕輕撫摸著林格妮的俏臉：「妮妮，你好殘忍……」他將林格妮冰冷的嬌軀再度擁入懷中，這次他沒有流淚，林格妮早已看淡了生死，也許顏天心說得對，她的離去並沒有什麼遺憾。

東瀛中部，有一條名為升龍道的著名觀光路線，這條道路上佈滿了古蹟溫泉，風景名勝，一年四季景色宜人，尤其是在冬季遊人絡繹不絕。

年底的高山下起了大雪，白雪將這座小城變得銀裝素裹，一輛黑色微型汽車出現在著名的丸明燒肉前方，這裡可以吃到最正宗的飛驒牛肉。開車人是顏天心，她將車停好，充滿擔心地望著身邊的羅獵，短短兩天，羅獵已經瘦了一圈，他甚至沒有吃過一口飯。

顏天心歎了口氣道：「去吃飯吧，不然身體也熬不住。」羅獵搖了搖頭，他們一路追蹤黑隼來到了這裡，只是在這裡又失去了黑隼的蹤跡。

羅獵既然不願下去，顏天心也就陪著他待在車內，她伸出手輕輕覆蓋在羅獵的大手上，小聲道：「這些年你一定經歷了許多的坎坷。」看到羅獵如今的樣子，她就能夠想像到羅獵失去自己的時候同樣悲痛欲絕。

望著前方漫天飛舞的白雪，羅獵低聲道：「也許你說得對，我們這樣的人本該看淡生死。」

顏天心道：「如果能夠掌控時間，就能夠穿越生死，可如果真的那樣，一個永生不死的人生又有什麼意義？」

羅獵沒有說話，他推開車門走了下去，雪已經很厚，一旁的丸明已經排起了長隊，遊客們前來品嘗這家著名烤肉店的興致並沒有因為這場暴雪而有任何的減退。

羅獵走過馬路，來到對面的神社，和對面的熱鬧情景截然不同，這裡寂靜無人，參天古木上已經堆滿了積雪，羅獵低聲道：「有沒有覺得這裡像一個地方？」

顏天心點了點頭道：「蒼白山！」對她來說關於蒼白山的記憶已經變得非常遙遠，她本屬於那個時代，回憶讓她的內心突然感到一陣慌亂，顏天心閉上雙眼，眼前卻浮現出龍玉充滿怨毒的冷笑，她慌忙又睜開雙眼。

羅獵握住她的手，他看出了她的慌張，關切道：「不舒服？」

顏天心深深吸了口氣道：「還好！」她向前方走去，望著她的背影，羅獵不由得皺起了眉頭，這段時間他曾經嘗試過再次進入顏天心的腦域世界，可是讓他驚奇的是已經找不到龍玉公主的意識投影。

也許是因為龍玉意識到了危險，所以在顏天心腦域世界的某個角落躲藏了起來，雖然顏天心從未表露過，可羅獵仍然從她的一些微妙舉動察覺到她的慌張和忐忑，龍玉的意識仍然會給她帶來影響，而且隨著時間的推移，這種影響可能會越來越大。

一隻飛鏢射在樹幹之上，羅獵取下飛鏢，飛鏢上附著一個紙卷，展開一看，卻是黑隼的戰書。

黑隼再次現身了，他決定不再逃亡，選擇和羅獵放手一戰。

黑隼在白川鄉，北部的雪山之上，右手握著太刀，刀鋒斜斜指向白雪覆蓋的屋頂，他一路逃亡，來到了這裡仍然無法擺脫對方的追蹤，黑隼決定不再逃走，在占盡天時地利與人和的狀況下，他並非沒有勝算。

羅獵說服了顏天心獨自前去，顏天心雖然擔心羅獵的安全，可是在這樣的近身戰鬥中她並不能幫上太大的忙，她決定選擇在遠處掩護羅獵。

顏天心提前在雪松林內潛伏，狙擊槍也已經裝配完畢，在周圍五十米的範圍內設置了監控，任何進入這一範圍的敵人都會在第一時間觸發警報，黑隼的主動邀約意味著他已經準備充分，在這座雪山上要展開一場關乎生死的最後決戰。

羅獵向山下望去，看到了山下的白川鄉，夜幕降臨，白川鄉特有的合掌造一個個亮起了燈光，遠遠望去美得就像是一個無法用言語形容的童話世界，羅獵想起了曾經送給女兒的聖誕魔法球，自己來到這個時代已經大半年了，在他過去的世界不知他已經消失了多久？是不是所有人都已經認同自己已經死亡的事實。

這段時間以來，羅獵一直都在迴避過去，因為對過去的回憶只會讓他心緒不寧。他發現世界並沒有從本質上改變，甚至開始質疑自己當初的行為，就算自己沒有阻止風九青，也許世界也不會變得更壞。他的行為也沒有讓這個世界變得更加美好，他本想拯救這個世界，可最終卻似乎什麼都沒有改變。

改變的或許就是自己的家人吧，心念及此心如刀割，眼前美好的景致卻讓羅獵觸景傷情，想起天人相隔的林格妮，羅獵充滿了自責，他想挽救林格妮，可最終卻是林格妮為自己犧牲了生命。

耳邊傳來顏天心的提醒聲：「目標已經出現在山頂。」

羅獵用力吸了口氣，再看了一眼美麗的白川村，就毅然決然地向峰頂走去。

黑隼盤膝坐在雪地上，他來了已經有一段時間，鵝毛大雪染白了他的頭頂肩頭，黑隼默默感受著天地的氣息，忍者的最高境界就是能夠吸收天地元氣，將自身與自然融為一體。

決定不再逃走是他自己的決定，在一個真正忍者的眼中，榮譽比生命更加重要，他已經厭倦了被追蹤尾隨，倉皇逃竄的生涯，他必須要反擊，轟轟烈烈的戰鬥一場，無論生死成敗。

這裡是生他養他的地方，他熟悉這一帶的每一寸土地，甚至能夠從雪落的聲音分辨出身處何方。

他聽到了由遠及近的腳步聲，黑隼並沒有睜開雙眼，因為目前並無那個必要。

羅獵在距離黑隼十米左右的時候停下了腳步，靜靜望著黑隼，對方已經到了他有效的攻擊範圍內。從黑隼鎮定自若的表現來看，要麼他已經視死如歸，要麼他做好了充足的準備，羅獵認為後者的可能性更大一些。

黑隼道：「今晚不是你死就是我亡。」

羅獵道：「艾迪安娜在什麼地方？」

黑隼緩緩搖了搖頭道：「不知道！」他沒有撒謊，在福島逃離之後，艾迪安娜就失去了聯絡。

羅獵道：「看來你對她而言已經失去了利用的價值。」

黑隼的內心如同被芒刺狠扎了一下，其實他並不是沒有感覺，他甚至認為自己的行蹤之所以暴露全都是因為有人在故意洩密，知道他秘密最多的當然是最瞭解他的人，黑隼認為自己被人利用了，他所起到的最大作用就是轉移羅獵的注意力，正是這個原因，艾迪安娜等人才得以順利轉移。

在黑隼內心出現波動的時候，羅獵已經第一時間察覺到，一柄飛刀追風逐電般向黑隼的眉心射去。

黑隼的身體在雪地上倏然消失，與此同時在羅獵的周圍同時出現了七道白色的身影。

七人揮舞太刀向羅獵同時衝來。

顏天心利用瞄準鏡鎖定了其中的一個目標，一槍將之擊斃。其實根本不用她出手，羅獵手中三柄飛刀射出，飛刀在虛空中輾轉騰挪，似乎被一隻隻無形的手操縱，時而快如疾電，時而旋轉曲折。

幾名忍者雖然武功不弱，可是他們從未見過如此玄妙的刀法，轉瞬之間已經逐一被切斷咽喉，雪地上已經多出了七具屍體。

黑隼雖然見識過羅獵凌空馭刀的功夫，可是他仍然對其威力欠缺充分的估計，看到眼前的一幕，不由得倒吸了一口冷氣。

他揮動太刀，兩柄太刀從雪地下向上探伸出來，直奔羅獵的足踝而去。

羅獵早已提前洞悉到了腳下的狀況，騰空躍起，兩柄飛刀疾電般沒入積雪之中，隨之大片的積雪被鮮血染紅。

一柄飛刀追逐著黑隼的身影，黑隼在一株雪松前失去了影蹤，飛刀射入雪松，去勢不歇，穿透雪松樹幹，繼續向雪松林中行進。黑隼身軀化為一團黑煙，可這仍然無法擺脫飛刀的追逐，黑煙重新聚攏成形之後，一頭扎入雪地之中。

飛刀隨同黑隼的身影射入雪地中，對黑隼而言這柄飛刀猶如跗骨之蛆，無論他怎樣努力，都無法將之擺脫。黑隼此時方才真正意識到羅獵實力之強大，面對這樣一個對手，他根本就沒有半分的勝算。

黑隼原本還指望著依仗天時地利人和的優勢和羅獵殊死一戰，可真正交手之後才知道他和羅獵之間的差距實在是太大，在絕對的實力面前，任何的陰謀和計畫都是蒼白無力的。

飛刀近在咫尺的威脅讓黑隼感到隨時都會閉過氣去，他不得不從積雪中再度躥出，當他離開厚厚雪層的剎那，看到一隻拳頭在眼前變大。

黑隼醒來之後，首先看到的就是羅獵漠然的雙眼，這目光讓黑隼感覺如同墜入一個無底漩渦，他的意識隨著漩渦迅速旋轉下降，黑隼意識到羅獵正在控制自己的精神，想要掙扎反抗卻已經晚了。

羅獵道：「艾迪安娜他們去了什麼地方？」

黑隼搖了搖頭，尚存的一絲意識讓他仍然負隅頑抗。

羅獵並沒有選擇進入他的腦域世界，因為黑隼的意志力防線並沒有想像中堅固，很快就能夠將他成功催眠。

黑隼在短時間的頑抗之後馬上敗退了下去，茫然道：「她沒有告訴我，我不知道……」

羅獵道：「時空之門在什麼地方？」

黑隼道：「我不知道，我只記得她說過一個叫太虛幻境的地方……」

羅獵皺了皺眉頭，他對這個地方並不陌生，當年他也曾經深入過太虛幻境，難道在一百多年後的今天，太虛幻境仍然存在？

羅獵道：「他們去那裡做什麼？」

黑隼道：「他們好像要回去……要回去改變歷史，重塑這個世界……」他的話還沒有說完，一顆子彈已經射入了他的前額，鮮血迸射了羅獵一身，羅獵吃了一驚，望著已經倒地身亡的黑隼，然後又將目光投向遠處的高崗。

顏天心雙手顫抖著，她扔下了狙擊槍，忽然捂住了自己的頭，腦海中浮現出一道火紅色的身影，她看到龍玉公主就站在虛空中向自己微笑著。顏天心發出一聲尖叫，她用力搖著頭，試圖擺脫龍玉公主對自己的影響。

羅獵及時出現在她的面前，抓住她的雙手，幫她將情緒平復下去，其實羅獵早就覺察到了她情緒的波動，不過顏天心在過去都自行控制住了來自龍玉公主的意識反撲，而這次她卻在關鍵時刻失控，並遠距離射殺了黑隼。

在羅獵的安慰下，顏天心的情緒終於慢慢平復下去，望著遠方黑隼的屍體，她顫聲道：「我殺了他？」

羅獵點了點頭，一切都已經發生，現在阻止也來不及了。雖然黑隼死有餘辜，可是他還有些話要問。

顏天心道：「對不起，我……我破壞了你的計畫。」

羅獵搖了搖頭道：「他本來也不知道什麼。」他心中明白其實破壞自己計畫的人並不是顏天心，而是潛伏在顏天心腦域中龍玉公主的意識。

羅獵清除現場之後，和顏天心迅速離開了這裡。內心中一件事反覆困擾著他，黑隼的話沒有說完，臨死前還提到了太虛幻境，知道太虛幻境秘密的人並不多，雖然當時有葉青虹和一干好友隨行，可是真正深入其中的只有他自己和龍玉公主。

艾迪安娜曾經是龍天心的手下，難道太虛幻境的事情是她從龍天心那裡得知？

雪越來越大，駕駛汽車的顏天心卻有些心神恍惚，突然聽到羅獵提醒她的聲音，等她回過神來的時候，汽車的前輪已經衝出了道路。小汽車沿著雪坡滾落下去，雖然兩人都沒有受傷，可是想要依靠這輛車繼續前行已經沒有任何可能了。

羅獵打開後車箱，從中取出行囊。比起這惡劣的天氣，他更關心顏天心的身體狀況，確定了一下位置，他們距離最近的小鎮只有兩公里的距離。

兩人頂著風雪來到小鎮上，在小鎮的一家日式旅館住了下來。

顏天心在槍殺黑隼之後，始終處於精神恍惚的狀態中，羅獵道：「也許我可以試一下。」

顏天心看了看羅獵，她知道羅獵的意思，他準備再度進入自己的腦域，幫助自己壓制龍玉公主的意識復甦，抿了抿嘴唇道：「算了，我沒什麼事，休息一下就會沒事。」

羅獵點了點頭，眼看著顏天心上了樓。獨自一人來到院落中，小小的院子裡已經堆滿了雪，讓這方園林顯得越發雅致精美。

顏天心透過樓上的窗戶望著下方，美眸中充滿了憂鬱，她之所以拒絕羅獵進入自己的腦域世界，是因為她知道羅獵也不會有解決的辦法，龍玉和自己的意識在漫長的時光中已經變得密不可分，共同生長，正如龍玉無法徹底清除自己的意識殘片一樣，自己也沒有能力將她從這具身體中驅趕出去。

無論她們是否情願，她們的精神已經融為一體，在自己的意識佔據主動的時候，對外的表現就是顏天心，當龍玉的意識占主動的時候，那麼就是龍玉公主。

很長的一段時間兩個人的意識相安無事，龍天心這個名字的意義其實就是兩種不同的意識相互妥協的結果。今天自己射殺黑隼完全是不由自主的舉動，這件事讓顏天心不寒而慄，她甚至擔心自己會突然將槍口轉向羅獵。

羅獵輾轉未眠，他始終都在擔心顏天心，從黑隼被殺的事情來看，顏天心已經漸漸無法掌控住自我，畢竟龍玉公主的意識仍然存在於她的腦域之中，無論羅獵想或不想，都無法否認這個事實。

如果龍天心的意識復甦，他又將怎樣去面對她？

他聽到輕盈的腳步聲，隨後聽到移門的響動，是顏天心，她帶著幽香鑽入了羅獵的被窩……

羅獵醒來的時候已經是第二天的黃昏，他不知自己因何會睡了那麼久，身邊空無一人，他坐起身，本以為顏天心早就起來了，可是很快就聞到室內淡淡的檀香味道，他的目光落在方几之上，看到方几上的信箋。

羅獵慌忙來到方几旁，拿起信，卻見上方寫著一行行雋秀的小字，卻是顏天心留給自己的訣別信。

羅獵：

當你看到這封信的時候我已經走了，不要去找我，當我存心想避開的時候，你不會找到我，你應當看出我這段時間的反常，我越來越無法掌控自己，我控制不了龍玉，她也控制不了我，我擔心自己會在意識混亂的狀況下傷害到你。

這段時間我一直在提醒自己，我就是顏天心，可我現在終於明白那只是我一廂情願的自我欺騙罷了，我不是顏天心，也不是龍玉。我所擁有的意識和靈魂只是兩個殘缺靈魂結合共生的怪物，我保留著一部分顏天心的記憶，也保留了一部分龍玉的記憶，我就是龍天心。

從我來到這個時代，我就不明白生命的意義是什麼，我做過的許多事，無論好還是壞，多半都不是我的本意。

我會留下來，無論最終的結果如何，無論變成什麼樣子，你不用擔心，我留下了一樣東西，我將它稱為時光頻率儀，上面有你過去生存年代的頻率指數，你擁有玄冰之眼和紫府玉匣，這兩樣東西可以吸收並積蓄巨大的能量。記得你跟我說過的通天塔嗎？

利用通天塔你可以穿越時空返回過去，和家人重逢，當然這一切只是存在於理論之中，在實際的行動中會有所偏差，不過誤差應該不會太大。

忘了告訴你一件事，普通人的身體是無法承受這樣的時空跳躍的，你應該不會有事。

羅獵翻到了第二頁……

我這一生最幸運的事情就是遇到了你，能夠在另外一個時空重逢，對你我而言都是一次奇妙的經歷，給你一個忠告，如果你按照我的方法順利回到了過去，就將曾經發生過的事情全都埋藏在心裡吧，成為你永遠的秘密，無論是好是壞，自己知道就好，永遠不要告訴其他人知道。

這個世界上最可怕的其實是人的野心，你和我永遠無法改變，快離開吧，趁著我沒有反悔之前。

羅獵讀完顏天心留給自己的信，他的內心居然非常的冷靜，他懂得了顏天心的苦心，回去？自己還回得去嗎？

第十章

真正的幸福

麻雀道：「喜歡一個人有錯嗎？」
程玉菲沒有回答她的問題，喜歡一個人當然不會有錯，
只是為了喜歡一個人賭上一生，
她似乎看到麻雀以後的生命不會再有真正的幸福，
程玉菲道：「如果有一天他真的回來了，你會怎麼辦？」

有些事隨著時間的推移會漸漸被人遺忘，這已經是黃浦第三個無雪的冬天，雖然沒有下雪，可是雨卻綿延不絕地下著，進入臘月以來，每天都會下雨，這兩天一股來自西伯利亞的寒潮讓氣溫降到了冰點以下，天空落下的是雨，可到了地上就很快結成了冰。

刺骨的寒風驅趕著街上的人們，過去熙熙攘攘的街道上行人也少了許多。這樣的氣溫並不適合逛街，一輛黃包車突然經過了前方的十字路口，本來離得還有一段距離的黑色轎車趕緊剎車，因為地面結冰的緣故，剎車時輪胎不慎抱死，轎車輪胎和結冰的露面摩擦出尖銳的吱嘎聲，乍聽上去就像是女人的尖叫。

黃包車夫嚇白了臉，整個人呆在了原地，車上縮著脖子打著瞌睡的乘客也被嚇得驚醒過來，他拚命瞪圓了一雙小眼睛，發出比車輪摩擦聲還要尖銳的慘叫。

汽車總算停了下來，距離黃包車只剩下不到一尺的距離，駕車人也被嚇得不輕，車門推開，臉上已經失去了血色的麻雀從車上跳了下來，忙不迭地賠禮道：「對不起……對不起……您沒事吧？」

黃包車夫搖了搖頭，他被剛才的險情嚇傻了，現在仍然驚魂未定。

車上的乘客不依不饒地怒吼起來：「沒事？不如讓我開車撞你一次？」

麻雀聽到這聲音有些耳熟，抬頭望去，乘車人瞇著一雙小眼睛，他一到白天就有些弱視，不過他也覺得這聲音非常熟悉。沒等他反應過來，耳朵已經被麻雀給揪住了：「死瞎子，你要開車撞我是吧？有種你撞啊！我站在這裡等你撞！」

坐在黃包車內的正是從南洋剛剛回國的瞎子安翟，安翟捂著耳朵苦苦討饒道：「姑奶奶，我不知道是您吶，要是早知道是您，就算被您撞一百回，一千回，我連屁也不敢多放一個。」

麻雀格格笑了起來，鬆開了手。

瞎子揉著發紅的小耳朵，回來之後耳朵就生了凍瘡，被麻雀剛才這一揪，簡直是雪上加霜，痛得他呲牙咧嘴：「我說麻大小姐，您就不能溫柔點？像你這個樣子，什麼時候能嫁得出去？」

麻雀呸了一聲，伸手又要去揪他的耳朵，瞎子嚇得趕緊把腦袋縮了起來，討饒道：「怕了您吶，怕了您吶，我從南洋專程給您帶了禮物。」

麻雀將信將疑地望著他：「我都不知道你要回來，要不是在大街上遇上，恐怕壓根都把我這個朋友給忘了。」

瞎子嘿嘿笑道：「怎麼會？你那麼漂亮，當年我還暗戀過你一陣子呢。」

麻雀道：「這話我得跟周曉蝶說。」

瞎子嚇得吐了吐舌頭。

黃包車夫這會兒才回過神來，叫道：「我……我命都被嚇掉了半條，賠錢！」

瞎子瞪了他一眼道：「又沒撞到你，光天化日之下想訛詐是不是？信不信我報警抓你？」

麻雀息事寧人，遞給車夫一塊大洋把他打發走了，畢竟也是掙的辛苦錢，再說了剛才明明是自己不對在先。

瞎子拎著行李箱鑽到了麻雀的車裡，麻雀上車之後這才想起問道：「你不是在南洋成家立業了，怎麼又回來了？」

瞎子道：「回來看看……」停頓了一下又道：「幾年都沒有了羅獵的消息，我怎麼都得回來看看。」

聽到他提起羅獵的名字，麻雀心中不由得一酸，眼圈一熱險些落下淚來，羅獵失蹤已有三年，可一提到他的名字，麻雀心中仍然會酸楚不已，她直到現在都孑然一身，已經成了許多人眼中的老姑娘，雖然她和羅獵沒有任何的名份，羅獵心中可能根本沒有她的位置，可她始終都在等待。

瞎子掏出煙盒抽出一支雪茄，還沒等他點燃就被麻雀搶了過去：「在我車裡別抽煙啊！」

瞎子道：「你也就是欺負我，換成羅獵……」話一說出口馬上就有些後悔，自己是哪壺不開提哪壺了。

麻雀冷冷望著他道：「存心故意是吧？」

瞎子訕訕笑了笑：「不是……那啥，這下雨天您這是去什麼地方？」

麻雀道：「程玉菲從羊城回來了，我們約了一起吃飯。」

瞎子砸吧了一下嘴道：「給你省錢了，兩頓接風洗塵宴湊成一頓吧。」

麻雀道：「有些人臉皮是越來越厚了，南洋的太陽也沒把你曬透？」

程玉菲把黃浦的偵探所關了之後就去了羊城，可時局動盪，哪兒都不太平，她每年會來黃浦住上兩個月，通常都會選擇快過年的時候，雖然關了偵探所，可在黃浦她還有房子，麻雀倒是邀請她一起回家去住，可程玉菲婉言謝絕了。

麻雀帶著瞎子來到這間本幫菜館的時候，程玉菲已經先到了。

麻雀推門走了進去，笑道：「玉菲，不好意思，我途中遇到點事，所以耽擱了。」

瞎子拎著行李箱跟著走了進去，程玉菲看到居然是他也笑了起來，以她偵探的眼光輕易就判斷出瞎子也是剛剛長途跋涉而來，她笑道：「你說的麻煩該不是安先生吧？」

麻雀道：「不是他還有誰？」

瞎子把行李箱放下，然後脫去外面的人衣，感歎道：「黃浦真冷啊，在南洋我都是穿著夏天的衣服。」

程玉菲道：「去了南洋沒幾年，已經把家鄉給忘了。」

瞎子道：「位卑不敢忘憂國，您可別這麼說我，這次回來啊，我帶了不少的善款，準備捐給你們的那個基金會。」

提到基金會，麻雀皺起了眉頭：「葉青虹去了歐洲，怎麼？你不知道啊？」

瞎子搖了搖頭，他雖然經常給葉青虹寫信，可是從未得到過葉青虹的回覆。他這次回來，最主要的原因就是想看看羅獵的一對兒女，看看他們過得好不好，雖然自己能力有限，可是也要為老友盡一份力，當然他也明白以葉青虹的智慧和能力一定能把兩個孩子照顧得很好。

麻雀將菜單遞給了瞎子，瞎子又很紳士地遞給了程玉菲。

程玉菲道：「你這次回來是不是和其他的幾位朋友有約？」

瞎子又搖了搖頭道：「沒有，真沒有，我倒是想聯繫，可聯繫不上啊。」

麻雀道：「怎麼會聯繫不上，你們可都是生死之交。」

瞎子苦笑道：「是生死之交，可現在時局那麼動盪，誰都有自己的事情去做，陸威霖去參軍了，他在滿洲跟日本人打仗的時候倒還有聯絡，可也有大半年沒音訊了，阿諾早就回英格蘭了，張長弓可能在東山島，聽說海連天的身體不好，海明珠回去照顧，所以他也就跟著一起過去了。」

麻雀點了點頭道：「所以你這次回來主要是想見見葉青虹母子的？」

瞎子道：「是啊，沒想到撲了個空。」

程玉菲道：「三年了，羅獵這一走就是三年，毫無音訊。」

麻雀道：「他那麼本事一定不會有事。」她這句話更像是對自己說的。

程玉菲歎了口氣，其實每個人的心中都清楚，羅獵應該不會回來了，如果他仍然活在這個世界上，不可能這麼久不回家和妻子兒女團聚，他不可能忘記他們這些朋友。

瞎子道：「都怪我，給他惹了那麼多的麻煩。」

麻雀道：「怪我才是，如果不是我從一開始讓他幫忙尋找什麼九鼎，也不會鬧出那麼多的事情。」

程玉菲道：「我今兒過來可不是聽你們檢討的，你們餓不餓？我點菜了。」

麻雀點了點頭道：「儘管點，我請！」

故友重逢本該是一件開心不已的事情，可是他們的心情卻變得有些沉重，並不是因為這裡的天氣，而是因為他們那些下落不明的朋友和親人。

瞎子幾杯酒下肚之後，話匣子又敞開了，指了指隨身帶來的行李箱道：「麻雀，這裡面的東西我都交給你了，裡面有一份明細，都是南洋華商的捐款，這只是開始，還有後續，算是我們這些人對咱們國人的一些心意吧。」

麻雀道：「你何時也變得那麼大方了？」

瞎子道：「國家興亡匹夫有責，我就納悶了，咱們泱泱中華，四萬萬同胞怎麼就讓小日本欺負成這個樣子？」

程玉菲道：「隔牆有耳，莫談國事。」她為人謹慎，有些話並不方便在外面談。

瞎子道：「有什麼好怕的？這年頭連句話都不讓人說了？」

程玉菲道：「不是不讓你說，而是不能亂說。」

麻雀道：「現在的黃浦和過去不一樣了。」

程玉菲趁機岔開話題道：「我聽說任天駿去世了？」

麻雀點了點頭道：「和他父親的命運一樣，也是被人刺殺。這個人在來到黃浦之後倒是做了一些好事，保護了不少愛國青年，可能正是因為這個原因才被利益集團視為眼中釘肉中刺。」

「我記得他還有個兒子。」

麻雀道：「任餘慶，挺乖巧的一個孩子，任天駿死後，葉青虹收養了他，據我所知，這次葉青虹前往歐洲也是為了安排他的事情，任天駿有許多仇人，這些人做事極其狠辣，斬草除根不留後患，如果那孩子繼續留在黃浦，很可能會有危險，剛好他也到了上學的年齡。」

瞎子讚道：「葉青虹為人真是仗義，以德報怨，當初任天駿可沒少害他們兩口子。」其實他也被任天駿視為殺父仇人，直到現在瞎子也搞不明白任天駿怎麼會突然轉了性子，會放下殺父之仇。可能這其中的內情只有當事人自己清楚，葉青虹知道，羅獵也應該知道。

想到羅獵，瞎子禁不住又歎了口氣道：「葉青虹一個人拉扯三個孩子也真不容易，我得去歐洲探望一下。」

麻雀道：「你能幫上什麼忙？葉青虹生性要強，自從羅獵去西海失蹤之後，她就很少和我們聯絡，我和她雖然同在黃浦，平時也很少見面。」

程玉菲道：「可能是因為她不想勾起對羅獵的回憶吧？」

麻雀沉默了下去，在他們的身邊也只有羅獵才擁有如此的影響力，離開三年，他們聚在一起的話題仍然是圍繞著他，麻雀為了尋找羅獵的下落專程去了一趟西海，可是並沒有找到任何關於羅獵的消息，她知道葉青虹也從未放棄過對羅獵的尋找。

程玉菲咬了咬嘴唇道：「你們有沒有想過，羅獵永遠不會回來了？」她本想道出羅獵已經死亡的事實，可是話到唇邊總覺得真相對這些朋友太過殘忍。

瞎子用力搖了搖頭道：「不可能，羅獵不是普通人，這個世界上沒有任何人能夠擊敗他。」

麻雀喝了口酒，輕聲道：「我準備再去西海一趟。」

瞎子道：「我跟你一起去！」

外面忽然傳來一聲爆炸，他們身處的飯店也被爆炸的衝擊波及，整個震顫了起來，程玉菲來到窗前向外望去，看到對面的戲院濃煙滾滾，驚慌失措的人們正從戲院向外逃竄，尖叫聲哭喊聲傳遍了整條街道。

巡警很快就聞訊趕來，將整條街道的兩端封鎖起來，對於從這裡經過的所有人都進行身分核查。

帶隊的也是老熟人劉探長，劉探長看到程玉菲也是驚喜非常，他也已經三年沒見過程玉菲，激動道：「玉菲，你什麼時候回黃浦的？怎麼沒跟我說一聲？」

程玉菲微微笑了笑道：「剛到，這不麻雀給我接風，我們吃到中途就發生了爆炸。」

劉探長看了看周圍，壓低聲音向程玉菲道：「最近租界可不太平，你們趕緊離開吧，多一事不如少一事。」

程玉菲點了點頭，她向麻雀的汽車走去，上了車，劉探長又跟了過來，程玉菲看出他還有話說，落下車窗，劉探長道：「對了，剛剛收到消息，白雲飛越獄了，你們要小心啊。」

聽到白雲飛越獄的消息，幾人都是內心一沉，白雲飛可不是什麼好人，當初他因為在津門謀殺外國官員的事情被抓，本來已經定了死罪，不知為何一直沒有執行，後來聽說改判了終身監禁。

其實如果不是這次的越獄事件，他們幾乎都忘了這個人。

麻雀道：「我們有什麼要小心的。」

劉探長笑了笑，他擺了擺手，示意手下人給他們放行。真正感到內心不安的是劉探長，白雲飛雖然被關押三年，他在黃浦的勢力也是樹倒猢猻散，可白雲飛當初的厲害他是知道的，三年前正是他率隊抄了白雲飛的家。白雲飛越獄之後會不會圖謀報復？劉探長在得知這一消息之後內心就沒有平靜過。

程玉菲讓麻雀將自己送到了住處，麻雀提出要上去看看，瞎子把募集的捐款交給麻雀之後，也就完成了一件重任，他就在這裡和兩人道別，獨自一人去他過去的故居看看。

程玉菲開了門，麻雀進屋之後禁不住抱怨道：「好冷，玉菲，你這裡連個取暖的爐子都沒有。」

程玉菲道：「我苦慣了，比不上你麻大小姐。」

麻雀道：「我也不是什麼大小姐，我就是鬧不明白，你一個人住在這裡幹什麼？去我家吧，反正我也是一個人，咱們倆剛好做個伴，來個秉燭夜談，好好聊上幾天，我有好多心裡話想跟你說。」

程玉菲笑道：「你等著啊，我去燒水。」

麻雀道：「你會生爐子？」

程玉菲道：「等著就是，哪兒那麼多的廢話。」

麻雀在沙發上坐下了，看到茶几上的幾本書，她隨手翻了翻，揚聲道：「你現在看科幻小說？」

程玉菲去生火，咳嗽了幾聲方才回應道：「反正也沒什麼事情，看著玩。」

麻雀道：「時間機器，你不覺得荒誕？」

程玉菲生好了火，又去接滿了水壺燉上。

麻雀讚道：「行啊，幾年不見成長不少。」

程玉菲道：「生個爐子就叫成長啊？你這成長的標準也太低了。」

麻雀將翻開的那本書放下。

程玉菲道：「喝茶還咖啡？」

麻雀道：「有酒嗎？有點冷，喝酒暖和。」

程玉菲笑了起來，她去開了一罈黃酒用小鍋燉熱，加了點薑絲和枸杞，剛好家裡還有半隻燒雞，還是昨天她剩下的，其實因為剛才的那場爆炸，她們都沒有吃飽。

姐妹兩人圍著爐子，一邊啃著燒雞一邊喝著黃酒。

麻雀道：「你怎麼樣啊？」

程玉菲道：「什麼怎麼樣？」

麻雀道：「婚姻大事啊！」

程玉菲笑道：「我還沒問你，你倒先問上我來了。」她喝了口黃酒道：「單著呢！像我這樣的女人不討男人喜歡的。」

麻雀跟著點了點頭道：「也是，什麼事情都瞞不住你，在你面前什麼秘密都沒有，要是成了你的丈夫，連點私房錢都存不住，那得多悲慘。」

程玉菲咯咯笑了起來，她跟麻雀碰了碰杯道：「別說我，你呢？你怎麼不找個人嫁啊？」

麻雀道：「你明知故問。」

程玉菲道：「也許你應該接受現實。」

麻雀當然明白她所說的現實是什麼，歎了口氣道：「我早就接受現實了，無論他回不回來跟我都沒有什麼關係，我能做的就是替他高興，可能吧，看著人家一家團圓，我這心裡會更失落。」

程玉菲道：「他回不來了。」

麻雀的目光黯淡下去，沉默了好一會兒方才道：「曾經滄海難為水，除卻巫山不是雲。我這個人就是這個樣子，改不了了。」她將杯中酒喝完，眼圈又有些紅了：「我總覺是自己害了他，如果當年我沒有找他幫忙，如果不是因為我爸的事情讓他捲進這件事中，也許他會好好的啊……你說我為什麼非得這麼好奇，非得要搞清楚什麼九鼎的事情，就算搞清楚了，搞明白了，又有什麼意義？」

程玉菲道：「現在說這些又有什麼意義？」

麻雀抹去眼角的淚水，抽了一下鼻子道：「我想他！」

程玉菲抿了抿嘴唇，端起重新斟滿的酒杯道：「不提他，喝酒！」

兩人將這杯酒乾完，麻雀道：「你是不是也喜歡他？」

程玉菲笑了：「你以為所有人都像你這麼傻？」

麻雀道：「那可不一定，他這麼出色，別騙我，我看得出來。」

程玉菲道：「欣賞吧，我從未想過這方面的事情，你說得對，他太出色，太優秀，我可高攀不起，更何況他是有家室的人，能夠做朋友，做知己豈不是很好，何必一定要有男女感情上的糾葛？」

麻雀道：「喜歡一個人有錯嗎？」

程玉菲沒有回答她的問題，喜歡一個人當然不會有錯，只是為了喜歡一個人賭上一生，她似乎看到麻雀以後的生命不會再有真正的幸福，程玉菲道：「如果有一天他真的回來了，你會怎麼辦？」

麻雀道：「開心，默默祝福他。」

程玉菲笑道：「會不會考慮給他做小啊？」

麻雀的臉紅了起來，啐道：「要死了你，什麼話都說得出來。」

程玉菲道：「我是說假如，假如他這麼想，剛好葉青虹又同意？」

麻雀道：「哪有那麼多的假如啊，他只要能平安回來，我願意為他做任何事，就算用我這條命去換，我也不會有任何的猶豫。」**人只有在失去之後才能夠真正懂得珍惜，原來對一個人的關心真的可以讓人放下矜持和驕傲。**

程玉菲道：「感覺這城市改變了許多。」

麻雀道：「人們變得越發誠惶誠恐，有些時候我甚至不知道這裡是我們的國家還是別人的……」外面響起零星的槍聲，她們停下說話，程玉菲來到窗前，拉開窗簾向外面望去，看到一人正在大街上亡命逃跑，他受了傷，一瘸一拐的，沒走幾步後面又是一顆子彈射中了他的後心，那人倒在了地上。

很快就有一輛車跟了過去，將那人的屍體抬起扔到了後面，然後驅車揚長而去。

麻雀來到程玉菲的身邊，她對這樣的場景已經見怪不怪了，列強紛爭，群魔亂舞，昔日歌舞昇平一派祥和的十里洋場已經越來越不太平了。

程玉菲道：「到處都是這個樣子，軍閥只顧著爭奪地盤，壓榨百姓，為了一己之私不惜出賣同胞，割讓土地，勾結外敵。」

兩人越說越是氣憤，不知不覺中將那一罈黃酒喝了個乾淨，她們的酒量本就普通，酒逢知己千杯少那也得有酒量，兩人暈乎乎相互偎依在沙發上睡了。程玉菲朦朧中聽到一陣急促的敲門聲，揉了揉眼睛，發現外面天已經黑了，看了看時間，到了晚上六點半，麻雀還蜷曲在沙發上睡著，如此急促的敲門聲都沒有把她吵醒。

程玉菲起身去開門，她先來到門前問了一聲：「誰啊？」

外面一個聲音道：「玉菲姐，是我啊，李焱東！」

李焱東是她過去的助手，自從程玉菲去了羊城發展，李焱東選擇留在黃浦，這些年兩人也很少見面，這次回來，本來是約好明天去他家裡做客，想不到李焱東居然提前來了。

程玉菲從貓眼向外看了看，確信是李焱東，這才將房門打開。

外面仍在下雨，李焱東帶著一股濕冷的空氣進來，此時麻雀也已經醒了，打了個哈欠，坐直了身子道：「想來我是喝多了。」

李焱東招呼了一聲，他的臉色並不好看。

程玉菲看出他有事，指了指一旁的椅子道：「坐下說話。」

李焱東道：「劉探長被人暗殺了。」

程玉菲聞言一驚，她今天回來的時候還見到了劉探長，因為當時劉探長有案子要處理，所以她沒有來得及跟劉探長多聊，想不到這麼快就傳來了他的死訊。

麻雀道：「劉探長？法租界的劉探長嗎？」

李焱東點了點頭，算是給了她一個肯定的答覆。

麻雀道：「我們回來的路上還遇到他，怎麼這麼快就……」

程玉菲神情黯然地坐了下去，劉探長和她是忘年之交，她過去在黃浦之所以能夠站穩腳跟，不僅僅因為自身的能力，還多虧了劉探長的關照，不然在魚龍混雜的黃浦，一個女偵探根本無法出頭。

麻雀知道她心中難過，來到她身邊輕輕摟住她的肩頭，程玉菲穩定了一下情緒道：「能給我說一下具體的情況嗎？」

李焱東道：「具體的情況我也不清楚，不過……」外面又傳來 陣急促的敲門聲。

李焱東起身去開門，看了看外面發現是巡捕，他將情況告訴給了程玉菲，程玉菲點了點頭，示意他開門。

李焱東剛剛拉開房門，一群荷槍實彈的巡捕就衝了進來，為首的是法租界巡捕房的副總探長王金民，王金民進來之後，目光鎖定程玉菲，然後道：「把她帶走！」

幾人都是一怔，麻雀起身擋在程玉菲的身前，怒道：「你們幹什麼？為什麼要胡亂抓人？」

王金民道：「麻小姐，希望你不要干涉我們辦案，別給我惹麻煩，也別給自己惹麻煩！」

麻雀怒道：「玉菲犯了什麼罪？你們憑什麼抓她？」

王金民將一張拘捕令在麻雀的面前展開，冷笑道：「麻小姐自己看清楚，這是拘捕令，我們懷疑程玉菲和暗殺劉探長的案子有關，現在正式對她進行拘捕查證。」

麻雀還想阻攔，程玉菲卻表現出超人一等的冷靜，向麻雀道：「你們不用擔心，反正我也沒有做過，拘捕查證又不是認罪伏法，他們根本就沒什麼證據，身為一個守法公民，我也有配合警方調查的義務。」

王金民笑道：「還是程小姐識大體。」

程玉菲道：「我可以跟你們走，但是沒有將我定罪之前，你們不可以對我濫用刑具，焱東，幫我請秦律師過去。」

麻雀和李焱東眼睜睜看著巡捕將程玉菲押上了警車，麻雀怒視李焱東道：「你一定聽說了什麼是不是？為什麼不早說？」

李焱東苦笑道：「我真不知道，我只是覺得事情有些不妙，所以才過來通知一聲，想不到他們居然會抓程小姐。」

麻雀道：「這件事很不尋常，李燚東，你去通知秦律師，讓他馬上去巡捕房，搞清楚狀況，儘快將玉菲保釋出來。」

「是！」

李燚東冒雨離去之後，麻雀趕緊來到車內，她想了想，現在除了去請律師，剩下的就是尋找盜門的幫助，盜門黃浦分舵目前的舵主是常柴，常柴是福伯的親信，福伯收羅獵成為關門弟子然後又舉薦他成為盜門門主之後，羅獵對盜門內部的管理結構也進行了大刀闊斧的改革，門內骨幹也進行了更替，常柴就是在這次的更替中取代過去的舵主梁啟軍為黃浦分舵的舵主。

盜門在羅獵的整治下結束了南北分裂的局面，內部也漸趨和諧，羅獵三年前離去之後，將鐵手令留給了小彩虹，同時委託葉青虹繼續管理盜門，葉青虹雖然應承下來，可是因為羅獵的離去也無心管理太多盜門的事情，基本上北部的事情由滿洲分舵的劉洪根在管，而南邊由常柴負責打理，福伯已經徹底退出，不再過問門中之事。

雖然這幾年盜門沒有蓬勃發展，可也沒出現內部分裂，混亂不堪的狀況，葉青虹也建議在盜門中另選合適人選擔當門主之位，請教過福伯之後，福伯認為還不是時候，如果維持現狀，盜門可能不會有什麼紛爭，如果重新推舉一人上位，很可能會造成內部的不平衡，反倒容易生起波瀾。於是這件事就一直擱置下來，葉青虹還是暫時代理門主之位，可她很少干預盜門的事情。

羅獵雖然失蹤三年，但是一日他的死訊沒有正式宣佈，他還是盜門之主。

葉青虹和常柴的關係不錯，自從陳昊東入獄之後，黃浦分舵在陳昊東的引領下也收起了爭霸之心，這幾年地盤非但沒有擴大，反倒在各方的擠壓下縮減了不少。

常柴這個人謹慎有餘，霸氣不足，自然談不上什麼雄心壯志。

麻雀冒雨來找常柴的時候，他正在陪著新納的二姨太飲酒小酌，聽聞麻雀來了，趕緊讓二姨太迴避，他和麻雀雖然同在黃浦，可平時卻很少打交道，雖然不知麻雀的目的，可也猜到她在這種時候突然登門應該不會有什麼小事。

麻雀來到客廳，常柴穿著長衫，紅光滿面地走了進來，樂呵呵道：「什麼風把麻大小姐您給吹來了？」

麻雀沒好氣道：「不歡迎我？」

常柴道：「豈敢，豈敢，平時我可是請都請不來您啊，今兒您這一來，讓寒舍蓬蓽生輝。」

麻雀看到他滿面通紅，又聞到他身上濃烈的酒氣，馬上就猜到他剛才正在喝酒，在她的印象中常柴過去衣著樸素，長得乾乾瘦瘦，可自從當上了黃浦分舵的舵主，明顯胖了許多，看來他這兩年養尊處優倒是過得不錯，環視這大廳內的陳設，忍不住揶揄道：「寒舍？你這分明是富貴人家。」

常柴尷尬笑道：「這房子可不是我的，我只是臨時借住。」房子是盜門的公產，他可以使用，在這一點上並沒有撒謊。他邀請麻雀坐下，又吩咐下人沏茶。

可沒成想端茶送上來的卻是他的二姨太，這位二姨太也是個好奇極大的主兒，本來和常柴喝得高興，正準備趁機要點東西，沒想到被麻雀的突然來訪給打斷了，二姨太一打聽，說來了位美貌女郎，頓時就來了氣，認為常柴吃著碗裡瞧著鍋裡，又生出了花花腸子，於是借著送茶的名義過來瞧瞧。

常柴看到是她頓時一愣，二姨太將托盤在麻雀面前的茶几上重重一放，陰陽怪氣道：「我當是什麼重要客人？跟我說著說著話，心急火燎地往外趕，呵呵……原來是為了見一個不知哪兒冒出來的小浪蹄子。」

麻雀沒來由被羞辱，她豈是忍氣吞聲的性子，再加上程玉菲的事情本來就讓她上火，揚起手來照著二姨太就是一巴掌，這一巴掌打得又重又響，二姨太被麻雀一巴掌給搧懵了，捂著半邊火辣辣的面孔，愣了一會兒方才如夢初醒般尖叫起來：「小賤人，老娘跟你拚了……」

常柴趕緊上前一把將她給攔住了，二姨太氣急敗壞，尖叫道：「你居然還護著她……」

麻雀冷冷道：「常柴，你要是沒本事管教，我就幫你管教。」

常柴對麻雀還是心存忌憚的，對下人喝道：「把她給我帶下去，胡鬧，老子的臉都讓你給丟完了，這是麻小姐！」

二姨太被兩名下人給拉了下去，常柴一臉狼狽，向麻雀致歉道：「麻小姐，對不住，真是對不住，是我管教無方。」

麻雀道：「用不著道歉，什麼時候又娶了姨太太，這你就不夠意思了，娶人家進門的時候怎麼都得招呼一聲，我好來湊個熱鬧，順便還能幫你把福伯請來。」

常柴聽到福伯的名字臉色都變了，別看福伯已經不管門中之事，可他在門中威信還是極高，常柴滿臉陪笑道：「麻小姐，我就是收個填房，豈敢驚動你們的大駕，不知您這麼晚來找我有什麼事情？」

麻雀也沒興趣管他的家事，重新坐了下去，常柴親自給她倒了杯茶送到面前，麻雀接過茶盞並沒有喝，重新放在茶几上道：「今天法租界發生了一件大事，巡捕房的劉探長被人給暗殺了。」

常柴也聽說了這件事，可他並不認為這件事和他們有什麼關係，他成為這裡的分舵主之後，不求有功但求無過，至少這邊目前一直平穩，手下人也從未捅出過什麼大漏子。

常柴道：「麻小姐，時局動盪，這江湖比起任何時候都要凶險，這些事情自有租界的人去管，我們還是明哲保身為好。」

麻雀道：「明哲保身？你知不知道程玉菲被他們當成嫌疑犯給抓走了，她是我朋友！」

常柴愣了一下，其實嚴格說起麻雀也不算是盜門中人，程玉菲更不是，可礙於面子常柴不能把話說得太明白，他歎了口氣道：「原來是這樣，麻小姐，我馬上派人去打探消息。」

麻雀道：「還有一件事，白雲飛越獄了。」

常柴道：「他就算越獄也只是一條喪家之犬，我不信他還敢在黃浦露面。」

麻雀從常柴的表情看出了他的敷衍，心中暗自感歎，如果是羅獵在，絕不會表現得像常柴這般冷漠，她意識到再跟常柴繼續談下去也沒有什麼意義，從他這裡估計得不到太多的幫助。

麻雀離去之後，常柴叫來了兩名手下，既然麻雀登門找他，他怎麼都得去打聽一下，也算是有個交代，租界每天都會死人，劉探長死了以後還有王探長、李探長，換湯不換藥，常柴沒有爭霸黃浦的雄心，能夠保住這一方平安已經很不容易了。

可能是巡捕房真沒有什麼確切的證據，所以他們對待程玉菲還算客氣，沒給程玉菲上手銬，程玉菲對巡捕房非常熟悉，過去她在黃浦開偵探所的時候經常光顧這裡。

王金民是剛剛提拔不久的華人探長，劉探長遇害之前他一直都是副手，他和程玉菲算不上熟悉，過去也沒打過交道。

程玉菲打量著王金民道：「王探長覺得我有什麼嫌疑？」

王金民道：「現場留下了一把手槍。」他將證物取出呈獻給程玉菲。

程玉菲看了一眼，這是一把左輪手槍，過去的確是她使用的，而且這把槍是劉探長送給自己的，她並沒有隨身攜帶，這把槍一直都留在自己的住處，甚至槍裡並沒有子彈。程玉菲一看就明白了，一定是有人趁著自己不在竊走了手槍，然後利用這把槍射殺了劉探長。

王金民道：「現場沒有掙扎的痕跡，劉探長是正面受到槍擊，他並沒有逃走，按照正常的推論，他應該遇到了熟悉的人，死者的表情非常錯愕，證明他根本沒想到這個人會殺他。」

程玉菲道：「於是你就懷疑是我殺了劉探長？」

王金民反問道：「難道不夠嗎？」

程玉菲道：「一起殺人案首先需要的是什麼？是動機，請問我為什麼要殺害劉探長？我跟劉探長非但沒有仇恨，而且我們的關係一直很好，過去我在黃浦的時候，我們還經常合作破案，這把槍就是他送給我的。」

「你們的真實關係外人可不清楚。」

程玉菲道：「作案時間，我和麻雀中午從餐廳離開之後就一直在一起，沒有分開過，這一點她可以為我證明。」

王金民道：「她跟你是閨中密友，她的證明未必可信。」

程玉菲道：「目擊證人？請問現場有沒有目擊證人？」

王金民居然點了點頭：「你以為我會無憑無據地抓你？有目擊證人，而且他已經指認，當時開槍射殺劉探長的人就是你。」

程玉菲道：「你胡說！」

王金民道：「很快就會有證據，恰巧當時有記者準備去採訪劉探長，剛好看到了殺手的樣子，不但如此，他還拍了照片，等照片洗出來，我看你還如何抵賴。」

程玉菲道：「好，我等著，還有，我要見我的律師。」

王金民道：「我想提醒你，你現在是殺人嫌犯，而且殺死的是我們法租界的華總探長，此事影響很大，至少在目前我不會允許你和律師見面。」

麻雀來到巡捕房，看到仍然在等待的李焱東和秦律師，麻雀焦急地走了過去：「怎樣？允許保釋嗎？」

秦律師搖了搖頭道：「巡捕房因為案情特殊目前還在調查為由，不允許我們和程小姐見面。」

麻雀怒道：「混蛋！他們憑什麼？我一直都和玉菲在一起，我可以為她證明，她根本沒有離開過，怎麼可能殺人？」

此時瞎子也聞訊趕了過來，聽聞程玉菲被當成殺人嫌犯抓了起來，瞎子也火了，嚷嚷道：「中午咱們在一起吃飯啊，程小姐跟劉探長是忘年交，她怎麼可能殺人，而且她是偵探，她比任何人都要遵守法律。」

秦律師道：「兩位不要激動，憑我多年辦案的經驗，這件事應當不是小事，警方如果沒有掌握有力的證據，他們應該不會直接抓人，還有，話不能亂說，我看他們很快就會找你們協助調查，你們把當時的情況詳細跟我說說，咱們分析一下，好想出對策。」

既然無法保釋，他們只能來到巡捕房對面的咖啡館，李焱東叫了四杯咖啡，麻雀將今天發生的事情原原本本地說了一遍。

秦律師道：「也就是說，你和程小姐喝酒之後都睡著了？大概有幾個小時？」

麻雀仔細想了想道：「三個小時左右吧。」

秦律師道：「這就是個問題，你入睡期間怎麼給她證明？」

麻雀道：「玉菲根本就沒有離開過，我當然可以給她證明，回頭我就說這期間我們始終在一起，不提睡著的事情。」

秦律師道：「那就是作偽證！」

麻雀道：「什麼偽證，根本就是事實好吧！」

秦律師道：「我們見不到程小姐，在這件事上無法統一口徑，如果程小姐說的跟你說的不符，那麼你非但幫不上她，還可能給你自己帶來麻煩。」

麻雀道：「我不怕麻煩，反正我就是相信她，我就說我一直都醒著，我一直都盯著她，她始終也沒有出去過。」

李焱東道：「程小姐這個人從不說謊，她對事實一向尊重，我覺得她肯定會照實說出經過。」

麻雀道：「她就算說睡了也沒關係，反正我清醒著。」

秦律師皺了皺眉頭道：「根據現在的情況來看，程小姐的處境很麻煩，關鍵是我們並不知道警方到底掌握了怎樣的證據。」

瞎子道：「還能有什麼證據？全都是假的，他們是想陷害程小姐。」

秦律師道：「任何事都是要講證據的，不能因為你們是朋友，所以就這麼說。」

瞎子怒道：「你是我們的律師，我怎麼聽著你說話胳膊肘往外拐？」

秦律師苦笑道：「你們不要誤會，我和程小姐也是多年的朋友，我也關心她，也不想她出事，可華總探長遇刺的事情影響很大，按照常規管道我們又見不到她，不如大家想想有什麼辦法可以先和程小姐見上一面，又或者找內部的人打聽一下，到底他們掌握了什麼證據？為什麼要直接抓人？」

李焱東道：「巡捕房方面我倒是熟悉，不過他們都不肯透露，大不了我再想想辦法。」

秦律師道：「我也去找找法律界的朋友，希望能夠將她保釋出來，對了，兩位認不認識租界有影響力的人？比如說領事館的官員？」

瞎子和麻雀對望了一眼，他們還真不認識這方面的人。

秦律師和李焱東起身離去各自去想辦法。

瞎子道：「葉青虹在就好了，我記得法國領事蒙佩羅是她的老師。」

麻雀道：「那又怎樣？蒙佩羅也不是什麼好人，他們來這裡的目的還不是為了掠奪財富。」

瞎子道：「盜門方面呢？他們不是在這裡還有些關係？」

麻雀道：「別提了，提起來就生氣。」

瞎子道：「這也不行，那也不行？難道咱們去劫獄嗎？」

麻雀道：「如果他們真陷害玉菲，我們也只能採用這個辦法。」

瞎子道：「就憑咱們兩個，還真沒這個本事。」

麻雀道：「大不了花錢。」

瞎子道：「還是想想怎麼聯繫葉青虹吧，你有聯繫的辦法對不對？」

麻雀搖了搖頭。

瞎子道：「我總覺得這件事不簡單，怎麼這麼巧？白雲飛這邊越獄，劉探長馬上就被殺了，而且程小姐接著就被陷害。」

麻雀道：「這些事不可能有聯繫吧？」

瞎子道：「還有一個人，福伯！」

麻雀道：「他老人家已經退出江湖頤養天年了。」

瞎子道：「讓他說句話總成吧？只要他開口，盜門上上下下誰不得乖乖聽話，而且他說不定有葉青虹的聯繫方式。」

麻雀歎了口氣道：「事到如今，也只能如此了。」

程玉菲的事情瞎子也不能坐視不理，他在黃浦這麼多年，多多少少還是有些關係的，本以為那個秦律師是危言聳聽，可很快他就意識到事情比秦律師說得還要嚴重，現在警方已經掌握了確鑿的證據，據聽說，程玉菲槍殺劉探長的時候，剛好有記者拍下了照片。

瞎子到目前為止還沒見過那張照片，不過秦律師已經見過，在秦律師看過所謂的證據之後，馬上就打起了退堂鼓，按照他的說法是證據確鑿，別說是自己，就算這世界上最高明的律師也無能為力。

麻雀雖然聯繫上了福伯，可是福伯那邊正在住院，畢竟上了年紀，福伯已經老糊塗了，指望他出面幫忙也沒有了可能。原本麻雀還以為警方會找自己瞭解情況，可直到現在也沒人找她，看來警方認為掌握的證據已經足夠將程玉菲治罪，不需要其他的證詞了。

程玉菲終於親眼見到了照片，照片拍得很清楚，幾張照片幾乎還原了射殺劉探長的全過程，讓程玉菲驚恐不已的是，照片上的女殺手和自己長得一模一樣，甚至連她自己都看不出和自己的區別。

王金民拿著照片在她的面前晃了晃道：「看清楚了？這上面是不是你？」

程玉菲仔仔細細看著，看了好久，她提醒自己一定要保持冷靜，她沒殺人，當時她和麻雀一起待在家裡，不可能溜出去殺了劉探長，更何況她一向尊敬劉探長，可照片究竟是怎麼回事？程玉菲想過讓麻雀為自己證明，可她又意識到這可能是一個圈套，如果自己提出讓麻雀作證的事情，很可能把這位好姐妹也牽連進來！

請續看《替天行盜》第二輯卷八 血脈相連

替天行盜 II 卷7 黑煞檔案

作者：石章魚
發行人：陳曉林
出版所：風雲時代出版股份有限公司
地址：10576台北市民生東路五段178號7樓之3
電話：(02) 2756-0949
傳真：(02) 2765-3799
執行主編：劉宇青
美術設計：許惠芳
行銷企劃：林安莉
業務總監：張瑋鳳

初版日期：2022年6月
版權授權：閱文集團
ISBN ：978-626-7025-62-8
風雲書網：http://www.eastbooks.com.tw
官方部落格：http://eastbooks.pixnet.net/blog
Facebook：http://www.facebook.com/h7560949
E-mail：h7560949@ms15.hinet.net
劃撥帳號：12043291
戶名：風雲時代出版股份有限公司

風雲發行所：33373桃園市龜山區公西村2鄰復興街304巷96號
電話：(03) 318-1378
傳真：(03) 318-1378
法律顧問：永然法律事務所 李永然律師
北辰著作權事務所 蕭雄淋律師

行政院新聞局局版台業字第3595號 營利事業統一編號22759935

定價：290元

國家圖書館出版品預行編目資料

替天行盜 第二輯 ／石章魚 著. -- 臺北市：風雲時代出版股份有限公司，2022.02- 冊；公分

ISBN 978-626-7025-62-8（第7冊；平裝）

857.7 110022741